鹿 寨 茶 文

中国人民政治协商会议鹿寨县委员会　编

天津出版传媒集团

百花文艺出版社

图书在版编目（CIP）数据

鹿寨茶文 / 中国人民政治协商会议鹿寨县委员会编 .
天津 ：百花文艺出版社，2024.12. -- ISBN 978-7
-5306-9000-0

Ⅰ．Ⅰ267

中国国家版本馆 CIP 数据核字第 20246ZJ925 号

鹿寨茶文
LU ZHAI CHA WEN

中国人民政治协商会议鹿寨县委员会　编

出 版 人 : 薛印胜

特约策划 : 李昌鹏

责任编辑 : 张　雪

装帧设计 : 吴梦涵

出版发行 : 百花文艺出版社

地址 : 天津市和平区西康路 35 号　　邮编 : 300051

电话传真 : +86-22-23332651（发行部）

　　　　　+86-22-23332656（总编室）

　　　　　+86-22-23332478（邮购部）

网址 : http://www.baihuawenyi.com

印刷 : 三河市嵩川印刷有限公司

开本 : 880 毫米×1230 毫米　1/16

字数 : 200 千字

印张 : 13.75

版次 : 2024 年 12 月第 1 版

印次 : 2024 年 12 月第 1 次印刷

定价 : 68.00 元

《鹿寨茶文》
编委会

缘 起 古 树 茶

翻开史书可见，鹿寨自古民风淳朴、文脉绵长，农耕文明兴盛发达，1951 年由中渡、榴江、雒容三县及修仁县第二区合并而成，素有"桂中宝地"之盛名。从中渡遗留下来的古建筑，明清风格的民居，气势犹存的商铺，沿岸废弃的旧码头，以及在码头旁静默数百年的古榕等景象，足以见得这里曾经商贾云集，繁盛非凡，究其原因为水运发达。此地上通桂林直往北上之地，下经柳江抵达珠江之远，无论是地理位置，还是经济社会发展，都不失为八桂不可忽视的重镇。鹿寨茶文化也由此兴起，在吸取和融合外来文化的基础上，不断改良本土传统知识结构，从而形成独属于鹿寨茶的制作手法与品质，可谓历史悠久，源远流长。从公敢茶保留至今的古法制茶，可见一斑。每款茶都有其性格，而鹿寨茶朴素、实在而执着。它不追求繁杂，也不在意华丽，而以极其简朴的方式煮泡，却能诠释茶的养生护体，延年益寿，以及和善之理念与爱舍之精神，是为大道至简。

时下，乡村振兴建设如火如茶，农业产业必是建设的重中之重，而茶叶产业将占据重要地位。产业兴起，文化先行。2023 年 4 月，政协鹿寨县委员会主席会议研究决定，策划撰写《鹿寨茶文》一书，邀请区内 10 余位创作成绩斐然的作家，以文学的手法，书写鹿寨县境内各个品种的茶，系统地整理和展现鹿寨人种茶、制茶、品茶的历史、现状以及发展趋势，集中展示了鹿寨本土茶文化，让茶经济在现代农业产业发展中发挥积极的作用。书中收录的 20 余篇作品，从不同角度，立体、多方面地展现茶这一伴随着经济社会发展的产物，以期达到"存史、资政、团结、育人"的目的，激励奋发，不断前进。

鹿寨野生古茶树，大多散落生长在拉沟的公敢山、寨沙的和尚岗等原始森林里，远山和流水也挡不住时空切换。改革开放以来，经济之手推动着人们开垦和建设，像水面上投下石子后激起的水波一样，经济扩展和物质财富的积聚从中心城市逐渐向外扩散，并不断向边远地区振荡。产业能带来经济的回响，回响会产生共振，甚至有时就像鼓一样，内里越深沉，可能响声越大。

鹿寨深厚的历史文化，赋予鹿寨人一种勤劳自信、勇于开拓的精神禀赋。崇文尚武、百折不挠的信念，使鹿寨的先民们在农耕条件不佳的情况下，开辟了种茶制茶的一方天地，并且不断创新发展，在不同历史时期，把鹿寨野生古树茶的经济价值和社会价值发挥到极致。

公敢山、和尚岗这两处的山川和河流，秀美而静谧，几乎可以说是行走在茶源路上，让前来寻访的专家学者发出啧啧赞叹声最多的地方。公敢山脚下的公敢河，和尚岗脚下的和尚江，流水潺潺，几可见底。山和水无声诉说着这一切。挺立在高山上的古茶树，历经数百年，饱饮山岚之气，常沐日月之精。从一叶草木，到一条清冽的溪流，再到一壶透着清香的滚烫的茶汤，我们看到的不只是枯寂与禅静，还有茶中所蕴藏的雨露和山魂，以及大气磅礴的山河之势。一叶芳华，一杯清茗，一个故事，一段历史，一则传奇，无不彰显着茶文化的神奇与广阔。我们充分发挥政协优势，努力把这片土地上的好茶传承下去。让它们透过传统，回到曾经出发的地方。

细品鹿寨茶，可洞悉天下茶品。鹿寨茶是一本古书，耐读，暗藏人生真谛。《鹿寨茶文》是一部探索、挖掘、记载鹿寨茶历史与文化内涵的书。编者虽喜饮茶，却非茶叶专业人士，研茶难有深刻见解，为促进鹿寨茶产业发展，斗胆在此抛砖引玉。

此书能顺利出版，得益于何海华、葛智文、王熙富、张征、康日辉等茶叶专家的指导，在此一并致谢。

编者

2024 年 11 月

目录

寻踪古树

寻　茶

廖献红

　　茶，体现了现代人的生活品位。近 20 年来，鹿寨除了日新月异的城镇化建设，还有一个不易被人察觉的变化，那就是茶叶店比早些年要多得多，谈茶品茶、送茶受茶的人也多了。茶不离口，手不离杯。很多农村家庭置办了茶柜、茶桌，还有精巧的茶具。闲时，三五好友聚在一起，品茶，聊天，抒发闲情逸致。产自本土的和尚岗、公敢山的野生古树茶，麓岭红茶、碧螺春，大乐岭红茶、绿茶、白茶，成了人们的杯中之物。鹿寨产茶，且产好茶。

一　"大叶茶"和"小叶茶"

　　小时候，隐约知道，这世上有两种茶，一种是"小叶茶"，一种是"大叶茶"。直到上中学后，我才分辨出"大叶茶"是指我们每天喝的山楂茶，"小叶茶"则是从未喝过的红茶、绿茶和白茶，当然，更没见过茶树。童年的村庄，家家户户喝的都是"大叶茶"。母亲每天早起，第一件事就是打井水，烧滚一锅开水后，从门背后挂的风干了的山楂枝上摘下几片叶子，清洗后丢下锅。一大锅茶水，汤色金黄，冒着一股特有的山楂清香。待茶水稍凉后，连同茶叶灌进茶坛里，置放在八仙桌上。全家人可喝上一整天。喝不完，第二天还可继续喝，不会馊掉。

　　印象中，第一次喝"小叶茶"是在 1990 年春天。那年，我 15 岁，初中毕业，没考上中专，回乡务农。与我情同姐妹的同窗美玉如愿考上了地区农机校。在家务农的那些日子，人心浮动，农事经营入不敷出，捉襟见肘，父母的争吵多起来，我的烦恼和寂寞也多了起来。许多个夜晚，我坐在洛清江的沙滩上，望着向远处流淌的江水，遥想自己的人生，羡慕远在城市求学的她。我真是悔不当初，为何答题时不多答对几道，那样就不至于天天跟在父母的屁股后头，有干不完的农活了。我很不甘心。百无聊赖之余，我常翻阅报纸打发时光。某日，报上一则广西大学新闻自考班的招生信息让我一激灵，我瞬间发觉，改变现状、突破自我的出路找到了。于是我按上面的地址，瞒着家人报考，并邮购了课本。我给美玉写信，大言不惭地说了我的志向——当记者。已在外面见过了世面的她，以大姐的口吻及时回信鼓励我，好好学习，总会有出路的。也不知她从哪儿打探到喝"小叶茶"能提神醒脑，有助于看书学习，于是给我寄来了一袋"小叶茶"，并在信中嘱咐我晚上泡着喝，这样看书做习题就不会打瞌睡了。

包装上没有品名商标，只见茶叶是黑色的，叶边卷起。我不懂是红茶还是绿茶。这也是我平生第一次喝"小叶茶"。我将一小撮卷曲的茶丢进一只大水杯，开水一冲，茶叶像小蝌蚪一样上蹿下跳，慢慢地沉入杯底。15岁的我，强迫自己学喝如同中药的苦茶，刚开始抿上一小口，闭上眼，一点点地吞咽，很苦，舌尖、舌面、舌根、

捻茶（赖建辉　摄）

嗓子眼儿、食道和胃里的感觉，都与每天喝的"大叶茶"完全不同。最后，舌面的苦一寸一寸地有了微甜。这就是美玉在信中说的"回甘"吧。

一大杯喝光了，再续水，接着喝，我一晚能喝上两三大杯。我白天跟在父母的屁股后头锄地、插田、打谷、放牛，晚上关起房门，偷偷看深奥晦涩难懂的自考教材，有《新闻采访学》《新闻简史》《报纸编辑学》《新闻评论写作》……12大本。要知道，这些课本，没有老师的辅导，对于只有初中学历的我来说，不啻于一座难以逾越的高山。要读懂弄通强记，所花的时间和精力，所下的功夫，要比坐在课堂上听讲增加的不是几倍，而是几十倍。好在那时我年轻，一心想改变命运，凭着一股子狠劲，硬是死记硬背爬上"山"去，每考一科都能顺利拿到合格证。但终因农事缠身，学识底子差，我只考过5科便休战了。19岁那年我走出村庄，当上代课教师后，参加成人高考，报读了电大新闻大专班，才拿到文凭。后来，我凭借自学打下的新闻写作基础，转身成为一名记者。我不知道，在自学的那些夜晚，是杯里的茶多酚支撑着我，还是心中的梦想牵引着我。或许兼有之吧！

转眼，迈进了不惑之年的门槛，我有条件用精致的茶具泡上一壶"工夫茶"了，这源于又有了新的梦想——文学梦。然而，在写作中，很多时候，写下了上句，却想不起下句，我像困兽一样，在书房里踱步。有一天，铭兄泡好一壶茶，端进来递给我，我接过茶杯，先小抿一口，再大喝一口，坐到电脑前吞咽，眼睛仍盯着屏幕，几小杯下肚，再敲键盘。此时，我觉得胃里有一股热流，浑身舒畅，头脑开始像月光一样清明。突然火花一闪，真的火花一闪，只听见"啪"的一声，一道光直冲脑门，于是，下一句便有了。思路通畅后，下一句往往能敲出几百字、几千字来……这时，茶壶已干，我起身再烧一壶水，续上，四肢也趁机活动活动，然后重新回到电脑前，思考下一句，喝一口，再喝两口。久而久之，我便养成了习惯，每天开工前，先烧上一壶水，泡上一壶茶，放在书桌旁。久而久之，喝着写着，也就写出了味道，写出了人世间的苦涩和回甘。茶，喝到这个份上，是否算得上喝出了新境界？

阅读写作实践增多后，我越发感觉，文学是一个大概念，不只是读书和写作，更重要的是它在引导着我们思考，无论是读他人作品，还是自己进行文学创作，都是一个思考的过程。而喝茶，又何尝不是如此。喝茶

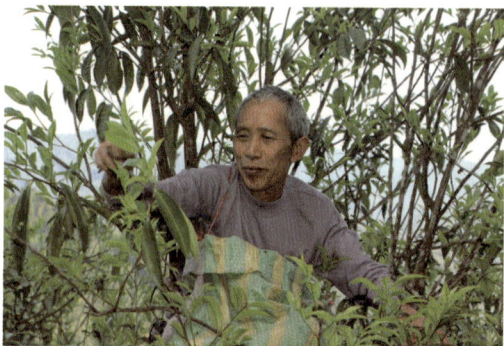

古茶树上采茶（赖建辉　摄）

也不仅仅是喝茶，更是一种修身养性的过程。那是儿时天天端杯鲸吸"大叶茶"无法体会得到的。

什么事情做多了，就会生出情感来。喝茶也一样，喝着喝着，我对茶的理解又多出一份心得。小小的一片茶叶，在公敢山，在和尚岗，在大乐岭，在板勒，被栽培，被滋养，吸收天地日月精华，再被采摘、渥堆、发酵、烘焙和陈化，最后抵达热闹的城市，成为茶客的杯中物。然而，"大叶茶"只需采摘回来，挂在屋檐下风干即可泡饮，不需任何工艺制作。大千世界，什么样的事物，当适用什么方式处置。"大叶茶"虽登不上大雅之堂，但实实在在地滋养着村里人。

无论是"大叶茶"还是"小叶茶"，它们的状态无非两种：或沉下，或浮起。饮茶人的动作也无非两样：或拿起，或放下。人生如茶，沉是坦然，浮是淡然，拿得起，也要放得下。"大叶茶"或"小叶茶"，在杯里，在壶里，漂漂悠悠，似乎在起死回生，于是便有了地老天荒的感觉。

其实，种茶制茶与阅读写作，同一个道理，两者间是相通的，最终都是与自己对话。茶和文章都有灵魂，能伴你度过艰难焦灼的日子。

二　回味历久弥新的麓岭茶

最早认识鹿寨本土茶，是产自黄冕林场辖区的板勒茶场的麓岭茶。

那是2002年，我刚应聘到报社做记者，去黄冕林场采访一位归国华侨，

他正在麓岭山上采茶，准备做茶。这是我第一次见到"小叶茶"树，第一次见识采茶、制茶的整个过程，也是第一次喝上麓岭云茶。当时下着蒙蒙细雨，行程有点紧，再加上我是刚学习采访，很是紧张，怕漏了哪些问题，又怕自己的表现不够专业，被人怠慢，所以，根本无暇细品杯中之茶。话又说回来，即便细品了，27岁的我也品不出什么道道儿。我当年鲸吸"小叶茶"，完全是强迫自己抵制瞌睡，打起精神，看书复习，当完成了考试，终究还是喜欢喝豆奶和碳酸饮料。

时隔20年，我再次来到板勒茶场，爬上麓岭，感觉像是换了人间，老了少年。原先陪同我上茶山的覃场长已退休多年，接下接力棒的场长已经换了好几茬。现任场长是一位从林业大学毕业的姓陈的大学生，年轻，干练，既是场长，也是书记。

四月的麓岭，满山满谷青葱翠碧。由山根到山顶布满了一垄一垄、深绿肥浓的茶田，山间点缀着几株洋紫荆，粉色的花争相开放，把山渲染成毛毛茸茸的图案。还有几天就是清明节了，正是明前茶采摘的最佳时节。

茶场的"硬件"早已有了很大改善。上山的路，由泥土路改成了水泥路。这些年，他们将茶场按景区和研学基地的标准打造，建设有凉亭楼阁、观景台、体验区等。在观景台上可以看到，一个用墨绿色的植物种出的一个大大的"廉"字，遒劲有力，像一幅用神笔写在高山上的书法作品。伸向山顶的是木质栈道，两旁的护栏也是用杉木条制成。一切的一切，映射着世事的嬗变，茶产业的兴旺发达。

我们循着茶园登上了麓岭山脉一峰，天空碧蓝，刚下过一阵小雨，茶树上点缀着一颗颗露珠，在初晴的阳光下闪烁不定。我们一边登台阶，一边听陈书记介绍，他脱口而出的关于种茶、制茶、经营茶的知识和理念，相当专业和前卫。让人感觉到，这茶，不是茶，而是一条延长了的生态致富产业链。也难怪，他肩上扛着的责任，是要在茶产业方兴未艾的当下，带领干部职工，继往开来，开辟前路。

板勒茶场曾是印尼侨胞回国创业的乐土。茶树种植于1983年，已有40

多年历史。麓岭山海拔 400 多米，常年云雾缭绕，如今，第一批开疆拓土的归国华侨相继退休，有的已作古，而他们的儿孙们大多外出谋职，场里的员工来自五湖四海。总场设有侨务办，但侨务方面的工作也越来越少了。

行走茶山，四周有自然森林屏障，气候温和。陈书记兴致勃勃地给我介绍这里独特的气候，阳光充足，雨水充沛，从而形成了肥沃的土壤，土质富含磷、硒，极有利于茶树的生长。

万物生长皆有灵，而茶则是格外讲究。天色早晚，采茶人的心情好坏，下手如何，都会影响到茶品。茶叶种植就更不用说了，全程质量安全监控，施有机肥，采用人工和生物天敌除虫害，产出的茶才无污染、原生态。

说话间，陈书记一路还接了两三个电话，内容无外乎准备一批精品茶，参加即将在上海举行的茶博会。从他的言语中，我明白，麓岭茶已经走上了精品行销之路，从历届熙熙攘攘的茶博会上捧回了一个又一个金奖和银奖。

板勒茶场（廖秀梅 摄）

走在弯弯曲曲的山道上，一踏进茶园，清气满腹、心旷神怡，不由得想喊，想唱，想转回20多年前那个青年之身。这时，原本就多云的天空翻卷出浓浓的雾气，裹住了刚刚冒头的太阳。放眼绵延起伏的茶山曲线，一片莽莽苍苍。茶垄上，有好几个妇人在采茶。一天之内最好的采摘时间是上午10点到12点之间，这时的阳光正好，便于采摘后茶叶进行晒青、晾青，因而有一个规矩：没有太阳不采。今天看见了太阳，也就看见了采茶人。

"只掐3片叶子的嫩芽。"在陈书记的示范下，我学着采撷。翠嫩的茶芽，掐起来却有韧劲、费指肚，弄得手指头生疼。原来采茶姑娘穿云走雾只是镜头里的诗意，真正采茶是艰辛的工作。

终于坐在茶室里品茶了。给我们沏茶的是一位姑娘，她一丝不苟地把开水注到放好茶叶的精细瓷杯里，扣上杯盖滤掉第一遍水洗茶。冲上第二遍水，闷泡二三十秒钟，然后揭开盖子端到鼻子跟前让我们闻香，馥郁的香气顿时沁入脑后。白瓷杯里的茶汤澄净金黄、清香浓郁，抿上一口，一股醇稠的浓香盖满舌面，既微苦又略回甘，清脑醒目，令人心旷神怡。这一次上麓岭，再品云茶，品出了20年前品不出的滋味，和胃一起慢慢热起来的，还有要策划做好一本"鹿寨茶女"的热情。

茶叶续水冲上若干次后，仍茶香不减。我天天喝茶，大多时候是在书桌前，眼不离书，端起杯鲸吸，似乎从未认真品过。现在，在陈书记的启发下，抿上一小口滚烫的茶，慢慢吞咽，搅动舌尖，还真的感觉到齿颊生香，浑身通透，上打嗝、下出气了。

在陈书记悠悠笃笃地讲述中，我得知，他在前任经营基础上，又开辟了新道。特级碧螺春，是麓岭茶中最好的绿茶，从种到产，再到制，多项生产工艺都要求较高。精品碧螺春采摘有三大特点：一是摘得早，二是采得嫩，三是拣得净。特级碧螺春是第一批春天采摘的茶叶，要求只摘单芽，精品碧螺春则为一芽一叶。

我掰着手指算了一下，炒制1斤高级碧螺春约需采6万至7万颗芽头，可见茶叶之幼嫩，采摘功夫之深非同一般。而那些毛尖、毫峰茶、清明茶、谷雨茶等品质较好的茶都为春茶，春茶通常在 5 月份以前完成采摘。

炒制工序也颇有讲究：杀青——揉捻——搓团——定型——提毫——回潮——提香——焙干，炒揉并举，提毫是一个关键步骤。在这些讲究里，洋溢着真切的人间滋味。

如此说来，成就一杯茶是极其不容易的。从采摘茶叶开始算起，大大小小要经历 10 多道工序。茶的风格丰富繁杂，还不仅仅体现在制作工艺上，很多都需要岁月的沉淀。泡茶也要一泡、两泡、三泡……茶味才出得来，回味才历久弥新。

三　当一个村庄有了茶园之后

从板勒茶场往北 60 多公里，来到中渡镇长盛村，有一座被山脉围拢的小盆地，茶垄修剪得整整齐齐，像一列列整装待发的士兵，布阵在四周的山坡上。这就是大乐岭茶场。主人余树朋是广东东莞人。20 多年前，他追随妻子来到广西，想必有一个引人遐想的爱情故事。

20 多年里，余树朋和妻子与工人们不分主雇，一道采茶、制茶。每一道刚炒出来的茶，夫妻俩都要试喝。在封闭式的制茶间一待一整天，便沾上了一身的茶茸毛。他自称茶农，并自号大乐公。初次见面，他给我的印象的确是一副乐天派的样子，想想，在这偏安一隅的山冲里，种茶，制茶，喝茶，研究茶，过着神仙般的日子，不快乐才怪呢。

大乐岭的名字是他取的，意为乐于分享人间至味。茶场主打桂妃红，一叶一芽，凝聚天地精华。当年，他追随妻子来到鹿寨，毅然选择在长盛村荒岭上种植茶树，也有过犹豫，也历经艰难。他的选择，是很多人想做而不敢做的，比如我。

这是我第二次来大乐岭。春天来势凶猛，一觉起来野地里草木葳蕤，茶垄也一天天厚起来。山坡上野花争奇斗艳。而茶是最善于汲取人间精华的生灵，这不，花的香味，柳的妩媚，通通被它吸收，化作自己的营养了。

大乐岭出茶早，雨水这天便开始采茶了，这时采下的是春茶，以绿茶为主。接着产的是以白茶和红茶为主，到了秋天就以乌龙茶为主。

大乐岭茶有红茶、绿茶、乌龙茶、黄茶、白茶等。桂妃红，是由桂林茶叶科学研究所培育的国家级茶树"桂绿1号"，在毫无农药污染的条件下精心栽培，于每年清明前后茶芽变紫时，经手工采摘一芽一叶，用传统工艺精制而成的"工夫红茶"。成茶外形纤细，色泽乌润，金毫显露，条索紧结，汤色红艳如玫瑰，明丽润泽，茶汤中带有浓郁的桂圆香和蜜糖香，入口甘润香醇，天然滑润，堪称茶中极品。

种茶、采茶、制茶，整个过程，余树朋都亲自参与监制，融入了主人茶的理念、品位和个性。还记得那天，第一次造访，在他的茶室品茶论道的情景——他身着典雅、内敛的唐装，与我们反复谈起他对茶的理解。比如："喝茶的本质：人与茶对话，这茶生在哪里，长在哪里，怎么制作出来，为什么会让你心情愉悦，只是没听懂它而已。"我还没来得及品味此话的真正含义，余树朋接着又说，"茶的制作过程，就是制茶者的生命状态的展示，人的性情就是茶的性情。"这些颇有禅意的话从一位种茶人的嘴里进出来，让我很意外，仿佛从中看到了一位真正的茶人本色。

由此，我不由得想到另一个问题：一座茶园建在一个偏远的山村，它从无到有，存在的意义是什么？我们看得见的是，长盛村的村民可以到茶园做钟点工：捉虫、除草、采茶、做茶，能增加收入。而看不见的潜在好处，我想还有村民在平常的日子里培养起来的泡茶、饮茶的习惯。

据说，早些年村里常听到一些家庭争吵，为了鸡毛蒜皮的小事，也常出现打架斗殴之事。也不知从什么时候起，来大乐岭买茶的村民渐渐多了起来，男人们之间争执吵闹打架斗殴的慢慢变少，直至现在没有了，女人的气质也不是粗俗之流。其间的原因很多，但其中一个原因，还是与他们喜欢喝茶有关系。

喝"工夫茶"需要冲泡，需要人安静等待。客到时要烧水洗杯，冲泡时主人与来客嘘寒问暖，主人面带微笑，客人语露感激，茶泡好了，主人斟，客人捧饮，双方边品茶边聊天，过程十分融洽亲和。这种程序化仪式化的冲泡品饮，久而久之，就会影响到人的性情和气质，会使女性变得恬静优雅，会让男性变得礼貌儒雅起来。

余树朋在和我们聊起茶与人生时，他精准地总结道："茶嘛，应该分三层：生存、生活、生命，即从技术到艺术再到道的层面，柴米油盐就是技术，琴棋书画就是艺术，最后回到生命本身，那才是茶的精神内核——返璞归真。"

如此看来，小小一片茶叶，不但撑起了人们生生不息的平凡生活，内里还蕴含着巨大乾坤。领悟到这一点后，我珍视每一次与不同友人品茶的时光。那些偶尔冒出的尖刻，缺乏宽容、理智的暴戾情绪，正需要在泡茶、喝茶这样的讲究中，用制茶的学养，品茶的见识去冲刷，去洗涤。

一位文化老人曾经谈到茶的好处，说是古往今来，只听说过酗酒闹事，还没听说过饮茶杀人。因此，他说茶能促进社会和谐。

四 脱离时光轨道的公敢茶

从大乐岭往东行进 70 公里左右，又有一座茶山——公敢山。

公敢山，位于鹿寨县拉沟乡大坪村，海拔约 1200 米，年平均温度在 15~20℃，年降雨量在 1700~1900 毫米。茶山经常云雾缭绕，茶树可谓饱饮山岚之气，常沐日月之精，饱得烟霞之爱，这是先天独有的自然条件。

要爬上公敢山，须在一片密林中，辨出一条弯曲的小路，多少年里无数双脚，踩出的一条长不出草的几脚宽的路。枯死的草，新发的芽，在这里都成了绊脚之物。要将一些生活必需品运上山，或刚产的茶叶运下山，则要靠无人机运输。

这山高到什么程度？可以用气温作比照。山下的气温是 30℃，山上大约是 20℃。风是粗粝的，山是冷酷的，人也是硬朗豪迈的。在这里采茶做茶的农人们，里里外外有一种高原和大山的气质及品性。

我一直认为，人与茶，是相濡以沫的。在城镇化席卷农村，大部分农人往城里迁居的当下，我们走在大坪村，仍可

采茶途中（莫限良 摄）

以看见一些老人。他们仍没有退到生活的二线，春天产茶，秋冬护理茶园。茶，显然是这座偏僻村庄最为亲密的伴侣。在村中行走，可感觉到空气里茶香弥漫，馥郁芬芳，又奇妙地掺和着柚子花香、九龙藤花香、罗汉果花香，还有炒花生米的焦香，成熟醇厚。正如这春夏之交的山野，草木勃发，让人仿佛是醉氧了。

在大坪村，喝了几杯公敢山上的野生古树茶，有一种入口回甘的奶香之气，直顶着我的鼻梁子，三杯五盏下肚，前胸后背发热不说，更神奇的是——刚才的偏头痛居然明显地缓解了。我刚说出感觉，泡茶的大姐便呵呵地笑着说："再喝，再喝几杯就好爬山了。"

喝过茶，我们一行人冒着迷蒙的细雨，踩着一路的湿气，去寻找"茶树王"。上山之前，一位村干部递给每人一根事先准备好的竹竿，说是当拐杖。一路说笑着上山，好像也没有想象中的累。走着走着，前面的向导高声呼喊："看，前面就是我们要找的'茶树王'了。"我们顺着他手指的方向望去，果然，前边一棵直径约80厘米、高约3米的古树出现在我们的视线里。

这样高大的古茶树有好多棵，据说年岁都超过300年了。它们总在云雾山上静观人间，看似淡定却是经历了无数风雨摧残。有道是古树茶好喝，叶难摘，但看它随时光流逝愈加高贵不凡；也有那后起之秀，满树嫩枝叶

13

儿，青翠欲滴，若是伸手去掐，片刻就染了指尖。

公敢山上的茶树林是原生态的，茶树从不修剪，不喷农药，不施化肥。每年开春只是清理茶园的杂草野树，砍掉一些不再长出嫩芽的枝杈，留下高出地面 30 厘米左右的树苑，来年几场春雨浇灌，便会长出嫩芽来。慢慢地，一棵古茶树似乎又长成一棵吐纳新枝的茶树了。公敢山上的茶树就是以这样的方式，完成更新换代，繁衍生息。

村里人与茶树缔结了人世间最朴素的感情。这种感情有源头，却没有终点，在公敢人心中，一代代像一朵朵茶花般绽放。

每年开春，大坪村就会有 10 多户茶农卷起铺盖，挑起粮油进驻公敢山，给茶园做一年一次的开春管护，采摘春茶。到了清明时节，茶农就爬上树开始采茶。从开春的茶园护理到采茶结束，茶农要在山上待两个多月。

外面的世界一天一个模样，公敢山却像脱离了时光的轨道，古茶树还是站在老地方。山下的公敢河遵循着时间安排，涨了，落了；又涨了，又

公敢山上的茶树（莫限良　摄）

落了。山里也不断走进新的面孔，但却没有留下来，那些身强力壮朝气蓬勃的年轻人，他们像血液一样奔突在山下村庄的肌体里，却没有多少人愿意上山采茶。每年固定上山采茶的，还是那些人，越往后越会有所减少。

五　和尚岗上的和尚岗茶

从拉沟乡往西南方向的寨沙镇驱车行进 60 多公里，有一座著名的山冈——和尚岗。它位于鹿寨、永福、荔浦三县交界的崇山峻岭之中，古时因有僧人在此结庐植茶，隐居修行，出极品茶而闻名于世，和尚岗茶亦因此而得名。大约南方的山，都会郁郁葱葱，近者似墨，远处如黛。显然，茶是这座山冈最为亲密的伴侣。

寻访和尚岗，一路上可以看到遗留的宋朝安营扎寨之所和烽火台遗迹。离开旧时的榴江县城（今寨沙镇）20 多公里后，车子一拐弯，向导说："爬上这座山就是和尚岗了。"

看山跑死马。步行上山的路，是一条碎石夹杂着黄泥的小路，走在上面，一不小心，就会踩着碎石滑倒。但是，上到山顶，却像突然进入了一个世外桃源。远远望过去，一大片绿油油的茶垄，茶垄与蓝天接壤处，隐约可见两间土坯屋。山上有两个人，一男一女。天气不冷不热，但女人的脸已晒得通红，双手戴着半截白色的棉纱手套，每一个指甲都被茶汁浸染成黑色了，拇指、食指和中指指肚的皮很厚，指纹被一道道纵横交错的裂纹代替。她的手指仿佛长着眼睛，左手落在一片叶芽上时，余光已经瞟到右手要落到哪片叶芽，右手落下时，左手又落。采茶用的是食指和大拇指指尖的巧劲儿，升上拔起，只轻捻，不紧捏。

关于和尚岗名字的由来，有这样一个民间故事。说的是先朝有一位文将军因为被追杀，逃进了原始森林剃度为和尚。他选择了这条长年不干涸的山中河流，在河边搭起茅舍隐居下来。文将军给自己所处的山野起了名，这条小河叫"和尚江"，方圆万亩群山就叫"和尚岗"。他在门楣上也书写了三个遒劲的大字"和尚岗"，取意是"和尚战斗的岗位"。就这样，和尚岗就被叫开了。

和尚岗茶场是1992年建的，茶树约有150亩。茶场方圆几公里范围的原始丛林中，散落着百棵野生古茶树。一到采茶季节，每天都有10多个农民背着蛇皮袋从山那边翻越过来采摘野生茶。刚才在路上看到停放的摩托车，正是采茶人的。两座山之间的这片土地非常肥沃，都是原始森林的落叶沤成的肥分，根本不需要使用化肥，纯天然。加上和尚江水流淙淙，长年云来雾往，茶树吸收的是天地的灵气，饱含了苍天与大地所给予的各种养分，这让制出独特的和尚岗茶有了先决条件。其茶多酚含量高达54.4%，引起了许多茶叶专家浓厚的兴趣，纷纷跑来考察。

站在山冈向阳处，远处寨沙集镇的烟火气在眼前次第展开：房屋、河流、道路、野地和远处的山；炊烟从家家户户的烟囱里飘摇而出；再远处，山路沿着榴江一路蜿蜒，村庄在扩展，大地在生长，世界正轰轰烈烈地向远处延展。

低头再往茶园看，这蛮荒之绿，这蛮荒之雾气——雾气上面隐约可见的太阳——竟然全都集中于此，这不正是天地精华荟萃之地吗？

和尚岗，实乃茶之福地，更是独放芳华之地。

六　茶是人做出来的

茶是人做出来的，山川雨雾给了茶风骨，做茶的人赋予它性格和血肉。在鹿寨，我用了半年时间，断断续续寻访不同的茶山和茶场，遇见不同的茶人，他们的喜怒哀乐，所梦所想，全都在他们手中那杯茶里写尽了。他们耐住寂寞，甚至放弃灿烂前途，静下心来一心一意种茶、做茶，10年过去，20年过去，茶园是否能将鹿寨变成浮在云端的茶海？到那时，种茶人也会成为最幸福的人——既有绿水青山，又有金山银山。

喝懂一杯茶，读懂一个人。明人心，见茶性。《茶经》道："天有万物，皆有至妙，人之所工，但猎浅易。"意思是说：苍天养育万物，都有奥妙，人类所知道的只不过是一点肤浅的皮毛而已。当我把产自鹿寨这片土地的茶，用文字扫视一遍后，便想，一片小小的茶叶尚且如此奇妙，那天地之间该有多少奥秘不为人知？人类对大自然的探求从来没有停歇，但敬畏之心断然不可无，只有谦恭地读懂它们的表情，才能求得彼此的和谐。

我想，这应是茶传递给我们的信念。

作者简介

廖献红，壮族，广西鹿寨人。中国作家协会会员。有作品发表在《民族文学》《山花》《黄河文学》《青年作家》《广西文学》《南方文学》等，部分作品被《散文·海外版》《散文选刊》《海外文摘》转载。出版散文集《鹿城图谱》、纪实文学《信仰与决裂》《决胜毫厘》、非遗文化专著《侗族大歌》等。

寻茶（节选）
扫码可听

和尚岗是一本书

何述强

回想起来，翻过那座山，就像是啃一部内容艰深的名著。

一部经典著作不会让你轻易进入，一座高山也一样。有些人会视为畏途，望而却步，即使是惯走山路、驮运物资的马匹，也有登山时怯场的，还没到半途就退下来，再怎么打它也不上去。爬山时，所有的艰难、乏味、疲惫，都一齐涌来，这时候需要意志力，需要平常心，跟阅读艰深的著作一样。如果你被击退了，你就无法发现许多深藏的秘密，进入不了深邃的世界，也无法体验攀登过程的那种快乐。

和尚岗（刘克林 摄）

古有"奇奇怪怪处，山阴道上行"诗句，清代画家任颐给自己起了一个别号：山阴道上行者。行路者在路上可以思考，可以留题。古代的很多文人边走边品题山川，思索人生、宇宙的奥义，留下了脍炙人口的佳作。的确，好作品需要充裕的时间，需要古典韵味十足的"孤馆寒灯"。我们常常感慨某些事情"太快了"，实际上颇有遗憾，因为回味就少了。未免像天蓬元帅第一次吃人参果，囫囵吞枣，根本不得其味。行路，这种古人的雅好，难免有其艰难之处，这也是那时客观条件决定的。所以古人每每慨叹"行路难，行路难"。然而，相比行世来说，行路之难简直是小儿科了。"我因惯见人情险，世路难于行路难。"无论如何，行路这种古老的行动已经逐步少见，我这里所说的"行路"，不包括女士先生们的逛街、跑步和饭后散步，现代人已经拥有太多便捷的条件，可以迅速抵达自己的目的地，而是指古人在山道上慢慢行走。

从前那种在道路旁大树下纳凉、卖粥、喝粥的情景已经一去不复返，更不用说夜晚有人在路上观测一轮山月，看看美丽的流星。"星垂平野阔，月涌大江流"，肯定是夜行人发现的。现在车尘滚滚，也难得见到路边大树下有一块干净的石头了。与行路相伴随的道途的小憩，旅人间的问讯，点支烟，借个火等传统中国的日常事越来越稀少。据说我的曾祖父是个斯文人，在那个年代，他步行去镇上赶圩，在路边的大榕树下歇脚时，就会有许多路人放下自己的担子，悄悄围绕着那棵树，看一看斯文人的模样。他们都不出声，对那个时代安静的读书人保持一份古老的敬畏。

我小时候赶圩还经常看到那些大榕树。树上贴着一张红纸，有时候是哪家小孩拜认契娘契爷的凭证，有时候是哪个喜欢啼哭的孩子的家长贴出来的咒语："天黄黄，地黄黄，我家有个赖哭王，过往客官看一看，一觉睡到大天光。"这些丰富的道途文化在现在的乡村几乎是看不到了。疲惫的路人，在路上饥渴的时候尝点野果，或是找到一口清泉，饮上几口一下子便能消除身上的疲惫，这是多么快乐的一件事情。

我们当天从鹿寨县寨沙镇北里村三柏屯后山的一条简易的沙石路开始

登山，目的地是山顶上的和尚岗。一开始我们还真以为和尚岗在山顶呢，说是那里有几棵令人神往的数百年的古茶树，栉风沐雨，不知吸收了多少天地日月的精华。路是越走越陡，好不容易将尾随而来的速生桉甩到身后，到了一片山上的平地，只见那里停有几辆摩托车，平地前方有一片小树林，我闪过一个念头，那片小树林会不会就是传说中的古茶树林？同时我瞥见右边一条小路通往看不见尽头的山巅，我心中掠过一丝狐疑，伴着一丝凉意。果然，待村里的向导赶到，我问他："快到了没有？"他微笑着说："才开始呢！"还给我削了一根竹拐杖，以备不时之需。右边那条小路，是通往和尚岗的唯一一条道路，而且，任凭什么车辆都无法开上去，只能徒步。

可以说旧时的行者所经历的各种体验，我们都经历了。攀越陡峭的山路，穿过密林，到达了名字骇人的雷劈岭。年轻的向导一路上介绍这一带奇异的山川地形，有些是他亲见，有些也是道听途说。这也无妨，有人说话，可以消解一点登山的疲劳，总比没有人说话好。我们不时坐在石头上小憩，看到路边小小的花朵，叫不出名字，却惊讶于它的美丽。一路上，没少见到拉沟自然环境保护区带有编号的碑记。我们也轮流讲故事，说几首戏谑山歌，引一阵爆笑，以此来分散登山的注意力。我们千辛万苦，一路攀登，气喘吁吁，挥汗如雨，之所以不言退，正是因为心中有着传说中的古茶树，让人心仪不已的古茶树，仿佛它的枝枝叶叶正迎风舒展，随时把我们搂在怀里。最后我们总算到达山顶，满以为古茶树林很快就会出现在眼前，但山顶上哪里有茶树林的踪影，莫非它已隐匿在山顶上的云层里？那里只有一块保护区的界碑和一块更大的碑，是自然保护区的介绍。向导说，到了山顶，路就好走了，但是离和尚岗仍然有一段路程。我们在山顶上又走了好长一段路程，遇到一面岩壁，石头上有水滴沥。向导说，那是滴水岩。一滴一滴的泉水从石头里面渗出，滴答滴答地滴在路人放置在崖壁下的两个铁皮易拉罐里，已经盛满了清水。我喝了几口，感觉到有一股说不出来的清冽，精神为之一振。我们在滴水岩前流连了许久，感叹在这么高的山顶，岩石上竟然会渗出水来，这水从何而来，而且长年不断，有雨无雨，都不会影响它的滴沥。一滴一滴，甘露一样慰藉着干渴难耐的路人。古人云："渴时一滴如甘露，醉后添杯不如无。"在滴水岩前我终于若有所悟。

就这样，我们要寻找的古茶树林真的像传说一样，似乎近在眼前，却又远在天边。我越来越不相信那片古茶树林的存在，或许它一开始就是一个传说。这种事情世上还少吗？也许真的可以找到，但是找到了，也未必是想象中的那个样子。我们的心灵世界容易赋予一些事物不真实的影像，其实都是梦幻泡影。向导不时给我们鼓励，说："快到了，希望就在前头。"到了一处山崖边，向导指着一条陡峭地往下延伸的小路说："走到山脚下，就是和尚岗茶场了。""什么？和尚岗在山脚下？"不知是谁惊叫了一声。也许是我，也许又不是我。

于是我们开始往下走，进入了一片罕见的原始森林。"此中冥昧失昼夜"的感觉，到处都是苍石落叶、枯藤老树，地上的枯木长满苔藓和不常见的菌类，有些菌晶莹剔透，仿佛玉树琼枝。因为人迹罕至，时光古老，那些倒卧的枯木，轻轻一碰就会碎裂。在一棵叫不出名字的树下，汇集了许许多多的藤蔓，纠缠在一处，像千条万条金蛇缠在一起，非常的神奇。仿佛是树得罪了藤蔓，它们一齐前来兴师问罪。还有一根蟒蛇般的巨藤，活生

和尚岗（刘克林　摄）

生地缠断了一根粗壮的树枝，似乎要挟持它飞奔而去。这藤缠树的生死恋让我看得心惊胆战。如果说登山就是阅读一本经典，那么，穿越这片气息浓烈的原始森林，应该就是书中最幽暗深邃的章节了。经过这片幽暗和深邃，相信豁然开朗的桃源境界很快就会出现。

一片春笋正在破土拔节的竹林，能感觉到一股蓊润的气息扑面而来。我们终于来到了两山交界处的一块平地，脚底下软绵绵的，是落叶长年沤积而成的土质，并且有水渗透其中。一垄一垄的茶树出现了，其中点缀着一些高挑的茶树，看上去已经有些年份，应该就是野生茶的移植。我们不知不觉已经进入和尚岗茶场的腹地。一条溪流从茶场中间穿过，就是传说中的和尚江。相传，"和尚游河上，河上幽，和尚忧"。溪流的得名确跟和尚有关。只是在这里隐居修行植茶的那个和尚却无从考寻，他一定有什么隐忧不为人知。和尚岗的茶叶闻名已久，少说也有200年。开长途车的司机泡上一盅和尚岗茶，最是提神醒脑，终日不倦。管理茶场的老吴告诉我们，和尚岗茶场是1992年建的，原是寨沙镇企办经营，现在是个体老板开发，开垦种植茶树数百亩。茶场方圆几公里范围的原始丛林中都有野生茶树。这个季节每天都有10多个农民，背着蛇皮袋从山那边翻越过来采摘野生茶。雷劈岭下的摩托车正是他们停放的。老吴告诉我们，两座山之间的这片土地非常肥沃，富含原始森林的落叶沤成的肥分，根本不需要使用化肥，纯天然。加上和尚江河谷水流淙淙，长年云来雾往，茶树吸收的是天地的灵气，山川的精华。云之腴，雾之肌，造就了和尚岗茶得天独厚的品质。其茶多酚含量高达 54.4%，引起了许多茶叶专家浓厚的兴趣，纷纷跑来考察。

在山顶上我惊讶于滴水岩的水滴，此际又对山坳上软绵绵的水草丰美之地产生联想。大山或许和人体一样，也有着我们看不见的血脉在贯通，有信息在其中传递，交流。人的额头会流汗，人的眼睛会流泪，山顶的石头上也会冒出水来。山腰上幽谧的原始森林收藏着深邃的故事，山坳上的河谷孕育出翡翠玉芽茶中极品。和尚江河谷不仅茶叶长得好，花朵也开得十分艳丽。我们到的时节，茶园边、和尚江边的杜鹃花开得正热烈。

管理茶场的老吴现已六十多岁，早年从事运输工作，按照他的说法，江湖跑多了，厌倦了，想找一个地方安静下来。于是他来到和尚岗，一待就是十五年。从请师傅传授制茶

和尚岗茶场师傅土法制茶（刘克林　摄）

技术到自己掌握制茶要领，再到如何自力更生改进设备，他讲得头头是道。但让我最感兴趣的还是他经历的那些神秘故事，让我们对这片山林充满了神奇的想象。比如他说，有一次他听到了老虎的叫声，声震林谷。但是我们的向导说，那不是老虎，已经没有老虎了，应该是石豹。石豹也是猫科动物，声音很像老虎。老吴告诉我们，他被野猪威胁的经历。有一天他送一个朋友到荔浦，第二天早上从荔浦那边登上和尚岗，山上的雾气很大。他听到了动物又是打嘴巴、又是吹气的声音，瞬时感到危险，马上后退几步。这个时候，他惊奇地发现，有五六只老鹰突然飞临他的头顶，在头顶上空盘旋飞翔，似乎是来保护他的。他赶紧爬上一棵树躲避动物的袭击。最后别人告诉他，那是野猪。还有一次，也是行走在晨雾中的山路上，他听到什么动物吹风的声音，赶紧后退，手上捡起一根木棍防身。因为雾大，他也没有看清楚是什么东西。后来别人告诉他，那是吹风蛇。更加神奇的是，他有一次碰到了"饿鬼"，他说不仅是他，在这一带很多人都碰到过。那一天下着蒙蒙细雨，他和一个同伴在岭上，他像是被什么东西攥住了，并不具体，只是一种感觉。他非常恐慌，又不敢出声。饥饿感前所未有的强烈，一直等到从山坡上下到平路，他才敢说出自己饥饿的感觉。那一天回到茶场，他连吃了三碗米饭，还加了两个红薯。而平时，他一餐只舀一碗米饭，从不添饭。

和尚岗茶农采茶（刘克林 摄）

从和尚岗回来以后，我常常会想念那一个静静地偃卧在河谷中的茶园，为它遗世独立的精神气质牵肠挂肚。我也经常想起老吴的故事，想到在月光之夜他该如何排遣自己的孤独，在伸手不见五指的夜晚，是否有眼睛闪亮的野兽经过他的茶园。他炒出好茶，满心欢喜，但他同时也被那些看不见的东西恐吓。那些东西在雾里，在夜里，在看不见的深处。当我在网上随意搜索有关和尚岗的信息时，我看到几个驴友发表的探秘和尚岗的美篇，拍了山上的植物、花朵、界碑、广告牌的照片，还录制了和尚江的水流视频，并且参与体验了采茶、揉茶、萎凋等劳动工序。这几个驴友号称"五朵金花"，是用马驮物资进入和尚岗的，显然是做了充分的准备。并且她们还有机会在和尚岗住上一晚。那几间茶场的泥瓦房，原来是工人住的，老吴打理得干干净净，时常有游人借宿于此。我从她们拍摄的房内布置中看到了一个叫"有根"的诗人的留题。诗歌和毛笔书法均不俗，而且看得出来，"有根"不止一次到过和尚岗。他已经深深地爱上了和尚岗，迷醉于那里的溪水、山色、月亮、归鸟、鸣虫。他在诗中写道："和尚岗流无尽期，那年初识种情思。醒时满目青山翠，梦里惊呼归鸟啼。秋已至，醉枫枝，浮生如戏演欢悲。年年惦记听溪夜，踏入风尘心自知。"诗后还有两首词，也都填得十分雅致，有出尘之气。看来这个"有根"早就洞悉浮生如戏，也是有故事的人，幽怀极深。和尚岗是他心中的一块圣地。他还有一首绝句是用水性笔写在门板上，墨水显然不足，每一个字都带有深深的划痕。有几行文字完全没见墨迹，是真正意义的枯笔。署名"有根"，时间是 2012 年 10 月 3 日。"寒来暑往又两年，时常梦里来挂牵。今秋再上和尚岗，鹿寨兄弟情义添。"看样子这个"有根"还不是鹿寨人。他是哪里人呢？根在哪里？

很可惜，那天我们的和尚岗之旅太仓促。因为当天要原路返回，怕天太黑下不了山，所以不敢逗留太久，没有走入茶场泥瓦房中参观，要是当时就发现墙壁上的留题，我会央求老吴，给我讲讲"有根"的故事。

作者简介

何述强，仫佬族，广西罗城人，中国作家协会会员、中国音乐家协会会员、中国戏剧家协会理事、广西散文学会会长。散文作品获第二届广西青年文学奖、2020 年《广西文学》年度优秀作品奖。作词的歌曲作品《不变的色彩》入选中国音协"百年百首"全国优秀新创歌曲，获得广西第十六届"五个一工程"奖。出版有城市传记《山梦为城》、民族文化随笔《凤兮仫佬》、散文作品集《隔岸灯火》《重整内心的山水》、非遗文化专著《百鸟衣——羽光绚丽的传奇》等。现任广西戏剧家协会驻会副主席、秘书长。

视频·美丽茶园微记录片
——视·和尚岗（一）

和尚岗是一本书（节选）
扫码可听

茶香飘自云端来

韦光勤

—

岁次癸卯，时值孟夏。在鹿寨县拉沟乡大坪村与荔浦县的交界处，手机定位时在鹿寨，时在荔浦，信号飘忽不定。我们一行十三人，顶着猛烈的阳光，沿着曲折陡峭的盘山小道，花了三个多小时，抵达公敢山时，已是下午一点多钟。午后的阳光穿透篱笆，闪闪烁烁，斑驳陆离，让整个寻访弥漫着一股迷蒙而神秘的气息。上山前便有当地老人给我们唱起山歌——

有女莫嫁公敢村，上岭难于上天门。

牛皮缝衣也会烂，铁打肩脖也会崩。

无奈又不甘的歌词和腔调，反而让我们对此行充满期待。经过漫长而艰难的爬山苦旅后，很容易体验到老人所描述的那段时光。

其实，这样的山歌在多山而闭塞的地方都有传唱，说的都是自然条件如何恶劣、生活状况如何艰苦等。在我的家乡罗城，也有这样的顺口溜：

有女莫嫁大坪村，出门就是烂泥坑。

三年不见猪肉脸，一颗螺蛳开大荤。

在写人状物时，这样的顺口溜有着强悍的表现力和强烈的规劝意味，是一时一地人们生存状态的真切写照。顺口溜的每一字，都折射着冷眼、隔绝、嘲讽与不屑，同样也传递着失落、愤懑、无奈和卑微。时至今日，我们依然可以想见，当年的公敢瑶民摊晒在世人眼前的岁月，是何等的尴尬、不堪和垂头丧气。

二

这些年，我在不停地爬山。爬泰山，爬庐山，爬黄山，爬鸡足山，爬会仙山，爬凤凰山，爬青明山。爬完高山爬矮山，爬完大山爬小山，爬完远方的山爬身边的山，爬完有名的山爬无名的山。为的是完成一桩夙愿，遵从一份执念，了却一桩心事。

这次要爬的是寂寂无闻的公敢山，看望一棵树，一棵长在高山顶上的茶树；喝一种茶，公敢茶。

我对于茶的认知，起始于小时候经常喝到的九节茶。这种泛滥于高山峡谷中的物种，作为一种消暑解渴的饮品，占据了我的童年和少年时期。在我的记忆里，它时常以整锅整桶的粗犷方式，出现在农家的堂屋中、旱地边、田埂上。喝九节茶的人是绝对不用杯的。杯太小，与他们的身份以及九节茶的秉性不匹配，不协调。他们得叉开双腿，单手撑腰，用吃饭的碗，大号的茶缸，甚至硕大金黄的葫芦瓢，咕嘟咕嘟地往嘴里灌。那时候的茶，长得野气横秋。那时候的人，喝得气吞山河。

多年前，在大学校园里，我读到了澳门诗人张错的那首浅唱低回、浪漫缠绵的诗。当年读它的时候，仗着少年心性，忍不住就背了下来。时隔多年，至今依然能够清晰地回忆起那些美妙的诗句：

如果我是开水／你是茶叶／那么你的香郁／必须依赖我的无味／／让你的干枯柔柔的／在我里面展开，舒散／让我的浸润／舒展你的容颜／／我们必须热，甚至沸／彼此才能相溶／／我们必须隐藏／在水里相觑，相缠／一盏茶工夫／我俩才决定成一种颜色／无论你怎样浮沉／把持不定／你终将缓缓的／（噢，轻轻的）／落下，攒聚／在我最深处／／那时候／你最苦的一滴泪／将是我最甘美的／一口茶

这诗写的是开水和茶叶，却写得情景意俱佳，很是难得。水汽蒸腾间，茶的香郁，水的无味；茶的干枯，水的柔绵，茶叶的升腾与沉落，开水的包容与执着，引人沉醉痴迷，思绪万千。这是与爱情有关的诗句，与我们现在所处的公敢山环境无关。之所以想起它，只是因为它写到了茶，写到了与茶息息相关的世道人情。

真正让人动容的是下面这个与茶有关的古老故事。话说古时候有一个年轻的寡妇，独自带着两个儿子过活。这个寡妇没有别的爱好，就是酷爱喝茶。母子三人所住的简陋院子里有一座古墓，也不知道墓主是谁。妇人有一个古怪的习惯，每次喝茶前都先敬古墓里的逝者一杯，然后自己才开始喝。春夏秋冬，风雨不改。时间一长，她的两个儿子便感到不耐烦，说："古墓里的人都死了好多年，他能喝到你敬的茶吗？你这是白白浪费茶水，枉费一片心意。"不仅如此，为了眼不见为净，两个儿子总思谋着挖掉那座古墓，每次都是因母亲的再三劝阻才没有挖成。这天夜里，妇人梦见一个人来到她的床前，对她说："我在这墓冢里

公敢山上的野生古树茶（韦在梅　摄）

已住了三百多年，按理说，我先来，你们后到。但您的两个儿子常常想挖掉我的墓，幸亏有您的保护才得以幸免。更为难得的是，您每天还用好茶来孝敬我。我虽然是黄泉下的一堆枯骨，但也不会忘记报答您的恩情。"

第二天早晨，妇人在院子里拾到十万枚铜钱。看样子像是埋得有些年头了，但穿钱的绳子却是新的。她把这件奇事说给两个儿子听，两个儿子都羞愧地低下了头，为自己之前的鲁莽无礼感到羞愧不已。从那以后，冥冥之中得到恩惠的寡妇和她的两个儿子，更加虔诚地守护古墓，并每天都殷勤地用好茶向古墓致敬，祭奠逝者。

这世间万物，比如这妇人手中的茶，一旦泽及枯骨，便能直击人心，勾起绵延千年的道德传统。

三

从地图上看，公敢是鹿寨的"神经末梢"。它在永福和荔浦的罅隙里向东突出，异常显眼。

与罗城交界的融水三防镇境内，有一座高耸入云的磨盘山，叫人望而生畏。清道光年间，融水三防主簿余应松曾写过一首《度磨盘山》的诗：

> 踏破云烟拥上台，一重未了一重开。
> 行人恰似穿珠蚁，步步都从九曲来。

从大坪村到公敢山顶，七公里的登山便道，三个半小时的攀爬，对于排成一队的大山造访者而言，"行人恰似穿珠蚁，步步都从九曲来"是最为恰切的描摹。为了能尽快看到那株神异的茶树，哪怕做一只只缓慢挪动的"穿珠蚁"，也是值得的。

瑶族是一个在不停地迁徙中求得喘息与生存的民族。因为要在行进途中避开各种致命的风险，他们迁徙的路线，大多在陡峭的高山大岭之间。为此，瑶族对每一座山每一道岭都有着独特的认知和体悟。因为，那些山山岭岭是他们曾经的庇护所，是上天赐予他们除了生身母亲之外的"大地子宫"。

前几年我应邀去了一趟鹿寨隔壁的金秀，爬上了高大浑茫的圣堂山，耳濡目染之余，感慨良多。回来之后我便写了一篇小文，触摸了一下瑶族的迁移史。在漫长得让人窒息的岁月里，他们凭着手中的一把砍刀，开辟出一条弯曲细小的生命通道，过着一种近似于与世隔绝的生活。严酷逼仄的生存环境，与虎狼为伴的惊险生涯，瑶民们将江河湖海、日月星辰、风雨雷电，甚至花草树木等自然现象视为神灵，把它们请入庙中，日夜供奉，祈愿天清地朗，民安国泰。在民族繁衍生息的过程中，"举头三尺有神明"的古训，彻底融入了他们生活的日常，成为一条不容践踏的律令。他们用它来训诫子孙：敬畏自然，善待自然，融入自然。瑶民在自己的一生中，虔诚庄重地向天下跪，向地下跪，向山下跪，向水下跪，向一棵树一块石头下跪。他们用自己的双膝叩醒大地，叩醒祖先，叩醒自己高山楠木一般坚挺的灵魂。

同样，在公敢山上的瑶族老人心中，同样也隐伏着一部与兵荒马乱、天灾人祸有关的家族迁移史。这个历史故事长短不一，甚至有可能残缺不全，但其中的脉络是息息相通的。在那个故事里，他们将自己安置在耸入云天的高山之巅，隐身于苍翠欲滴的林海之中，栖息于水声潺潺的溪流边。"天人合一"的生存理念在他们的血管里汩汩流淌，成了他们亘古不变的生命态度。他们居住的篱笆房，就是这种生命态度的物化表达。

他们手中的《过山榜》（也叫《盘古圣皇榜文》《评皇券牒》《过山牒》《过山版》《过山照》《过山图》《过山经》等），对十二个姓氏的来源有着详细的记载。就像和尚、尼姑手中的度牒一样，《过山榜》是他们在山林间披荆斩棘的"通行证"。凭着手中这《过山榜》，无论走到哪里，他们都能从大山深处汲取无坚不摧的力量，从而渡过一道道难关，顺利抵达他们想去的远方。

生活在公敢山上的都是瑶族，对于本民族的来路，他们并不怎么了解，思路总是不停分岔，搭不上线。然而，从地理方位和穿戴风格上看，他们当与金秀的盘瑶同属一个支系。这里的盘、邓、黄属于瑶族十二个基本姓氏，是真正的瑶族。而罗姓在自己的族谱中自称不在瑶族十二大姓之内，但却说着瑶话，认同自己的瑶族身份，是瑶族的一分子。那天，在罗有保老人的指引下，我拜谒了公敢罗氏的二世祖墓（鼻祖葬于荔浦）。在墓志的字里行间和老人的叙述中，我无法拾清罗姓的家族脉络，甚至连他们鼻祖是"玉清公"还是"亿清公"都无法确定。在我想来，罗姓先民原本可能是汉族或者是其他民族，在逃难过程中加入了瑶民的队伍。朝夕相处中，相似的命运，共同的际遇，使得他们很快学会了瑶话，与瑶族同胞结成了生死兄弟。这样的猜测或许距离真相并不遥远，有可能就是真相。这样的机缘巧合不是不可能，透过那冷冰冰的"一方保障"和"京观"刻石，我们可以窥见其中的某些端倪。

四

天高地远的公敢山上原来有7户人家，人迹罕至。哪怕人气最旺时的14户，也是"小国寡民"。头顶上那一小块天空，似乎遮不住太多的人间烟火。1975年前后，公敢村民利用农闲时节下山搞副业，在增加生产队收入的同时，也与大坪的村民结下了深厚的友谊。这为他们后来的移民搬迁，积攒了丰盈的感情储备和坚实的信用保障。

一百多年前，公敢瑶族先民充分利用上天赐予的自然条件，种植茶叶。起初，他们并不知道身边这些恣意生长的树叶就是上好的茶叶，对之视而不见。这天，他们在太阳底下艰苦劳作，饥渴难耐，而身上又没有备足充饥解渴的食物和水。于是，他们便顺手捋下身边树上的一把嫩叶，塞到嘴里细细咀嚼。在咀嚼的过程中，他们察觉到了嘴里散发出来的淡淡香味，原先的疲惫和饥渴也神奇地消失殆尽。他们忽地站起身来，用手拍了拍身上的树枝和草叶，认真端详起身边这漫山遍野的树木来。从此，那些树木便加入了供养他们的"后勤队伍"。

每年三四月间，是采摘茶叶的最佳时节。过了这个时节，茶叶就会变老，没了嫩叶的滋味。他们在白天出门劳作时，抓一把放到锅里煮开，用砂罐盛上，喝上几口便能解渴除乏。久而久之，便成了习

公敢山上的采茶人（韦在梅　摄）

惯。山下的货郎到山里收山货，无意间喝了公敢瑶民递过来的茶水，在解渴消乏之余，敏锐的货郎嗅出了其中隐藏着的商业价值。在下山时顺便将这茶叶带到山下，择机售卖。这些货郎在赚了钱的同时，无意间也为这茶叶做了免费的广告，更多的世人便由此知道了公敢山上这些神奇的茶树。

当年，在公敢山上，瑶民除了经营茶园，还用柴刀在人工放倒或自然折断的树干上打花（砍出一道道疤槽），种植香菌。通常情况下，用不了多长时间，那些"打花"的树便长出数量可观的香菌。现在60岁以上的老人依然能够凭过往的经验辨认出，哪种树最能长菌，哪种树最不能长菌或长得极少。除了种香菌，公敢山民还捡点灵芝之类的山货，拿到山下售卖，以补贴家用。

现在，公敢山上的原始森林划入了自然保护区，不能砍树了，种菌成了一种遥远的记忆。经营老祖宗留下的茶园，便成了他们增加收入的支柱产业。每年一开春，他们便上山采摘和焙制茶叶。由于缺乏经商的经验，加上没有富余的时间，他们只能把茶叶挑到茶叶店，整筐整箩盘给茶商，由茶商售卖。他们只赚取极少的辛苦钱，但他们已经很满足了。

有经验的茶农说，谷雨前的公敢茶叶分量重些，五斤左右的生茶即可制成一斤干茶。这个时间之外采摘的茶叶，六斤左右的生茶才能制成一斤

干茶。一亩茶树，可以收获二十斤左右的干茶。生茶能够卖到一斤八元钱，干茶一斤五六十元。目前，公敢山上有200亩至300亩左右的茶园，每年出产的茶叶在3000斤左右。以前，茶叶出山得靠肩挑背扛，其中的艰辛自不待言。现在茶叶出山，有专门的无人机吊运，高来高去，方便快捷，省去了许多艰辛的劳动。

五

昔日"山民"成"居民"，只在眨眼转瞬间。公敢的瑶族同胞现在都已下山，到拉沟、寨沙和鹿寨县城生活。那顺口溜所描述的日子一去不返，成为过眼云烟。

每年清明节前后和谷雨时节，回到山上采摘茶叶和护理茶树的都是中年人和老年人。年轻人都到外面务工或经商，再也没有采摘茶叶和经营茶园的兴趣、时间和精力了。现今的公敢山顶，惠风吹拂，祥云飘飞。茶叶再也不是瑶族同胞衣食所系、生存所依的支柱产业，而是升华为他们美好生活的一味作料和独特的人生景致。

那天，我们一行人从公敢山下来，进入鹿寨县城时，热情周到的吕燕女士，递给我们每人一小包包装好的公敢茶。这一小包公敢茶，分量不重，却弥补了我们没能在公敢山巅喝上地道公敢茶的遗憾，显得异常珍贵。我回到宾馆后，把茶泡上，一时间，茶香袅袅，满室弥漫，一品再品，真切体验了一回"两腋生风"的美妙感觉。

鹿寨素来有种茶、制茶的传统，而且这传统正在得到很好地

刚从公敢山采下的新鲜茶青（韦在梅　摄）

传承。1982 年，广西劳改局就创办了龙口茶厂，生产的茶叶专供出口，创造的价值颇为可观。黄冕林场麓岭茗韵林中茶业，2022 年通过了广西特色农业现代化示范区四星级认定。其"麓岭"牌茶叶产品已获得成功，绿茶、红茶、白茶三大品种 9 个系列，先后斩获包括"中国名优级经济林产品"在内的多项殊荣。"公敢古树茶"和"古报尾茶"商标也已成功注册，步入了高品质、高附加值的商品化轨道，前景极为乐观广阔。

《梦溪笔谈》的作者沈括，曾经写过的一首题为《尝茶》的诗："谁把嫩香名雀舌，定来北客未曾尝。不知灵草天然异，一夜风吹一寸长。"生长在山顶云端的公敢茶，天赋异禀，清香扑鼻。尽管眼下还是待字闺中的"小家碧玉"，假以时日，她一定会成为茶叶家族里的"大家闺秀"。

正如沈括在诗中所说的那样："一夜风吹一寸长！"

作者简介

韦光勤，壮族，广西罗城人。广西作家协会会员，河池市作家协会副主席。鲁迅文学院第 26 期少数民族文学创作培训班学员。作品发表于《民族文学》《散文·海外版》《广西文学》《红豆》《三月三》等。有作品入选年度选本。曾获"东西文学奖"优秀作品奖。

茶香飘自云端来（节选）
扫码可听

那一山隐居的茶

烟 波

——

在山里，风是有生命的。

刚下过雨的树林里，阳光从茂密的树叶间投射下来，铺在鲜嫩的苔藓上，像洒落了金光闪闪的金币。而风，在树林间穿梭着，有时候从后面来，有时候从前面来，我无法猜到它的方向，也几乎没有心思再去琢磨它的故乡在何处，又或许它从来就没有故乡。

在南方，山里向来都是始终如一，从来没有放弃过对绿色的热爱。高耸的大树宛若一把把大伞，笼盖着山里的土地。你不知道在哪一段路上突然冒出一汪泉水，响亮的泉水声，像是山林的血液从心脏里淌过一般，叫人欢喜不已。溪水从上面落下，舒缓又清澈，山林的青翠也被它映满一池，犹如一根根琴弦，春天这个多情的少女弹拨着优雅而轻快的乐曲，在树木之间，几声鸟鸣有节奏地附和着。兽类、鸟类、虫类……这些小生命们，每天都在这片山林里织就无数个梦境，它们在这个属于自己的世界里过着自己的生活，城市的繁华和灯火，和它们没有任何关系。它们在这里安家和繁衍，在这里捕食和被捕。我难以猜测到它们每天的具体日程，但是我敢肯定，这些只关心粮食的小动物，有些比我们人类的历史还要悠久。

我们一行十几人走在山里，一个转弯便能遇到它们的一个故事，于是便成为我们路途上的一段谈资。但是它们给我们带来的惊喜，都不足以让我们停下脚步，因为我们要寻找隐藏在深处的秘密——鹿寨公敢茶。

"好茶，一定是要在更深的山里。"罗支书说。

罗支书是公敢村的女支书，是个十分热情开朗的女人，听说我们要去找鹿寨公敢茶的时候，在村里出生长大的她自告奋勇地要带我们进山。我第一眼见到她的时候，有点不可思议——矮矮的个子，乌黑的头发扎在脑后，从背影看起来，犹如一个小姑娘。转过身才看清她的脸，虽然已有些许皱纹在眼角，但是眼睛依然明亮，她一看到我们就热情地打招呼，仿若多年未见的老朋友。她身上没有过多的装饰，唯一的装饰也是最美的装饰便是她时时刻刻挂在脸上的笑容，阳光照在她脸上，那眼睛如水，好像风吹过湖面泛起的涟漪。

一路上，她不停地和我们说话聊天，说起公敢村的由来，说起公敢山里的趣事，还说到她小时候如何在公敢村和长辈们一起采茶、制茶，将茶叶挑出来卖……山里人的热情大方在她身上体现得淋漓尽致。

我们问起公敢茶，她一脸骄傲，长长的睫毛如飞鸟的羽毛在脸上扑扇着："在以前，公敢茶可是我们山里人的生活来源嗷，我就是靠着公敢茶走出了山里去外面读书的嗷。"

"不过，有时候走远了，也要回来的。"她突然停了一下，轻叹了一句。

"那现在不是回来了吗。"不知道谁在后面搭了一茬。

罗支书也没回头，又迈开脚步，说："是啊，不过公敢村的村民都搬到外面去喽！只有一些老人每当到了采茶时节，才会回到公敢村，回到茶山采茶。"

话刚说完，一阵巨响从远处传来。

"你们看，我们的无人机！"罗支书一脸骄傲地指着远处的一个巨型无人机对我们大喊着，无人机螺旋桨"呼呼"的声音竟也无法淹没她的声音。"这无人机可是专门运送我们公敢茶的呢！"

罗支书说，现在公敢村的茶叶，早已经不用人或者马背出山，现代科技的快速发展，让公敢茶也享受了这样的红利，每天固定时间，固定地点，村民将摘好的新鲜茶叶装上无人机，通过卫星定位系统做好定位，直接运往山外的茶厂。无人机就穿梭在公敢和茶厂之间，那"嗡嗡"的机器轰鸣声早已替代了马匹的嘶鸣，从土地里长出来的茶，像是长了翅膀，在天空中翱翔。

用无人机将茶青从公敢山往下运（莫限良　摄）

我们越往深山里走，山路越陡峭，周围越寂静，也越凉快。可是当越走越深的时候，大量的体力消耗使我对周边的风景毫无兴致，我们临时在路边砍来当作拐杖的竹子，一头被我们的手握得光滑，一头裂开了缝。看着手上的竹杖，实在找不到东坡"竹杖芒鞋轻胜马"的感觉，我心里生出些许抱怨来，一张蜘蛛网恰好挡住了我的去路，我用拐杖直接撩开——草木还是草木，美景还是美景，两个小时的山路，足以改变一个人的心情。

"我唱首山歌给大家听吧。"罗支书这么一说，大家马上来了兴致。她也不害羞，亮开了嗓子就唱了起来。歌词唱得大家都听不太懂，但是那悦耳的声音在山林里穿过，像那远处苍青色的起伏群山，一座叠着一座；像大海翻滚的波涛，无穷无尽地延伸到遥远的尽头，消失在那云雾弥漫的深处。

树叶在我们头上，被风吹动摇摆；树叶也在我们脚下，被我们踩得"嘎吱"作响。公敢村在深山中，仄仄长长十几里路，她一路的歌声，让山上的路都变得平坦起来。

二

我始终认为一座山一旦有了名字，就有了灵气，公敢山也是如此。

当我们穿过最后一个山坳，已经中午十二点了，如洗的天空下，一座座绿油油的茶园便浮现在我们眼前，而公敢村就坐落在这茶山之中，竹瓦泥墙的房屋零星散落，有些屋前堆放着一些箩筐、背篓，不用猜便也知道那是采茶用的了。而在旁边，一座泥房已经因为年久失修而倒塌，残垣断壁之间我仿佛看到这个房屋曾经的主人在屋里屋外忙碌的身影。

罗支书的叔公现在就是这样忙碌着。

叔公看到我们，从不远处的一间屋子里走了出来，双手拿着两张小板凳一边招呼我们坐下，一边说着"辛苦了，辛苦了，赶紧坐，赶紧坐"。好像刚才我们走的那三个小时的山路，是他的错似的。

他那有些凌乱的银白色头发竖起来，仿佛一根根倔强的草生长在山头，从他胡子上的小饭粒看得出来，他因为我们的到来而感觉到了一些慌乱和兴奋。

公敢山上的茶树（莫限良　摄）

"我叔公是现在公敢最老的茶农了！大家有什么需要了解的都可以问他。"罗支书一脸骄傲地说。叔公脸上堆满了笑容和大家点着头，有些浑浊的眼里充满了诚恳。

"先吃饭，先吃饭。"叔公和屋里的人都走出来邀请我们去吃饭。

"叔公，我们打扰您吃饭了。"大家才意识到现在是午饭时间，纷纷向叔公表示歉意。而在一旁的罗支书用我们听不懂的方言和叔公说了几句什么，叔公脸上马上笑开了花："那大家随便看，大家随便啊，我先吃饭咯。"

说完，叔公就迈着轻盈的脚步走回了屋里。罗支书解释道："我和叔公说大家吃的东西已经用无人机运送过来了，他就放心了，等会儿他还要给山坡上的人送午饭，让他先吃。大家不要见怪嗷。"

我跟着叔公走进屋子，屋内昏暗，挂在屋子中间唯一的一盏灯一闪一闪的，似乎在均匀地呼吸，屋顶一两处破碎的瓦片间投射下安静的阳光，成束成束地切割着昏暗的空间。黑色的土灶台上还放着两只沾满锅灰的铁锅，土灶上面，都是烟熏过的痕迹，乌黑的墙面和屋顶让我似乎看到了那一条条火舌环抱过锅身，炙烤着山里茶农的生活。在屋里，还有一些简单的小家具和茶器，已经坐得光滑的小板凳，周身泛黄的箩筐，粗糙低矮的小桌，它们散落在四面的墙角，布满了岁月的痕迹。

叔公拿着一个小碗扒着饭，靠墙的"饭桌"上摆着一小碟炒花生。在山里，简陋的不仅仅是房子，还有他的简单的午餐。我看着坐在那里的他，顿时想起了我去世的爷爷，他们拥有一样的白发，一样的皱纹，一样被强烈的紫外线和粗暴的山风留给他们的赭色的脸。

他看到我进来，招呼我坐，右手拿着筷子指向那碟炒花生，问我要不要吃点，随后他又看了看那碟炒花生，脸上有些许不好意思。

我连忙摆手笑着坐了下来。

"我也姓罗，看到您，我好像看到了我爷爷。"

"哦？"叔公的眼睛亮了起来，放下碗筷转过身问我，"你们家是本地的吗？"

我摇摇头，说："我祖上是广东梅县来的，客家人。"

"豫章堂？"叔公一听到梅县，眼里放出了光，双手伸了过来握住我的手，说，"那我们五百年前是一家喽！"

他粗糙如松树外皮的手紧握着我，使我一下子就感觉到他的力量。就是这双厚实的手，挥舞着七八斤重的锄头，移石修垄，刨土种茶；举着如弯月一般的镰刀，披荆斩棘，修屋建院。他的这双手可以做刀，劈竹为篾，编制茶篓；可以做耙，随便划拉几下就会把茶垄间的碎石草根一起耙尽；可以做瓢，舀出一股股清水浇灌着茶山。

公敢山上的采茶人（莫限良 摄）

"我们祖上是逃难过来鹿寨公敢的。"叔公笑呵呵地对我们说，满脸的皱纹让笑容如同一朵绽放的花。

"是啊，我听爷爷说我们家也是从梅县逃难到广西的。你们在公敢种茶多少年了啊？"

"五代人喽，我们在这里种茶有五代人了。"叔公没有正面回答，继续扒拉着饭。我自己算了一下，这个茶场约莫有百年的历史。对于他来说，年头是冰冷的东西，并不重要，重要的是他们五代人都坚守着这茶场。

叔公吃完饭，带着我们走到屋后，指着一处山坡，几座客家人的坟冢就坐落在那里，望向对面茶山山头。

叔公又重复地说了一遍："真的是整整有五代人了。"

当初逃难到这里的祖辈们，本来只是想躲避战乱。当走进这座还没有名字的山，祖辈们就给这座山起了名字。面对着这世外桃源，祖辈们拿起刀具斧头开始开荒。他们本想种下粮食维持生计，可是砍倒杂木，割光野草，竟然发现山坡都是一株株茶树。原本的这些茶树和其他树木混杂在一起，根本不显眼，而在清理山坡后它们就如同脱下了破烂的衣衫，一棵棵或高或矮或老或嫩的茶树裸露在山间。祖辈们欣喜若狂。在那个战乱的年代，这些野茶树无疑是大自然馈赠的最好的礼物。

垄自然是不用修的，公敢茶树都是自然生长，但是路需要蹚出一条。祖先们在公敢山南面开出了一条出山的小道，每当到采摘茶叶的季节，就会用箩筐挑着一筐筐制好的茶拿到修仁、荔浦去卖，换回粮食和其他生活用品。自那时候起，种茶、采茶便是公敢村祖先们的事业了。而我们刚才进山的那条山路，便是最早的公敢茶道。

叔公说，到他们这一代，已经不用自己挑着茶走上几十里的山路了，公敢茶在附近已经出了名，开始有各地的茶商自己进山来收茶了。他们有些赶着马队，有些带着挑夫，争相在收茶的季节进公敢山。那时候的公敢村是热闹的，一筐筐茶叶就摆放在泥地上，客商们挑选着，捏起一两片茶叶放在嘴里嚼两下，开始谈着价钱。也有熟悉的茶商，遇到天气不好的时候，叔公他们也会留下茶商住上一晚，在烛火或油灯下煮上一两壶茶，聊着今年茶叶的收成，外面的生意。人们没有过多的猜忌，有时候一些茶商还会带上一壶酒，在山里的晚上和山里茶农们喝上两杯。叔公说他在小时候有一次，一个微醺的茶商没注意，将茶倒进了装着半杯酒的竹杯里，喝了一口后一直说这是他喝过的最好喝的公敢茶，弄得村里的人都哈哈大笑。

叔公说我们现在看到的房子，几乎和那时候保持着一致，我从屋子里看往外面，竹瓦经过岁月的侵蚀，已经泛黄，甚至有些带黑。而我抬头的时候，耳边仿佛传来那个年代大家的肆无忌惮的笑声。

三

公敢的茶园和现代的茶园是不一样的，公敢的茶树从来不打农药，这是罗支书的母亲从山下背上一篓茶，和我们说的。

她是个能干的女人，背篓在她身后感觉能装下整片茶山。她缓缓地从山下走上来的时候，脚步坚定而有力。

"我们不太懂外面的茶园是什么样的，但是我们这里的茶园不修垄，也不打农药，所有的树都是自然生长，这是祖上的规矩呢。"

放眼望去，这些肆意生长的茶树高的有两三米，矮的几十厘米，在山间错落有致，并非如我所见过的茶园那般整齐，但细细想来，茶，永远都是原生态的才是最好的，千百年来，人类在科技方面不断地追求进步和创新，在茶的身上反而追求原汁原味，公敢茶被世人认可，和这个肯定有关。

午饭的时候，支书母亲和我们说，原来的村民都迁出山外了，只有在采茶的时节大家才会回到山里住上两个月，她说她们在山外面三十公里的大坪村也有房子的，也分了土地。可是祖上的茶园是不能丢的，没有了这两百多亩的茶山，对于一家子来说心里总是空落落的。女儿现在是公敢村的村支书，她平时工作忙，但是却也经常呼吁已经搬迁出山外的村民维护好公敢的茶园，开春的时候，她也会和大家一起进到公敢山，割光杂草杂树，整理一些路面，顺便将这些藏在深山的祖屋一起修缮。那些竹木墙、竹木门、竹木床，竹瓦、树皮、油毡，换了一次又一次，百年来都是如此。在现在的公敢山里，最早的那片竹瓦可能早已经成了灶膛里的柴火，但公敢老村依旧保持着那时候的样子。这有点像在海上航行百年的忒休斯之船一样，不间断地维修和替换部件。一块木板腐烂了，就会被替换掉，直到所有的部件都不是最开始的那些了。那它依然是忒休斯之船。

船体部件再换，忒修斯之船还是忒修斯之船，因为船主人叫忒修斯。

竹瓦竹墙再换，公敢村还是公敢村，因为公敢的茶。

饭后，大家都想去茶山拍拍采茶的照片，支书母亲愉快地答应了，再次洗净手，背上背篓带着我们走进茶园，一路上，满眼都是茶叶的幽绿，满耳灌着鸟儿的声音，突然一股微软的山风吹来，扑鼻的清香，迷醉众人。

我们看着支书母亲眼睛看着茶尖，手指上下翻飞，她手上的茶尖都是向上的，采摘了之后迅速放入腰篓中，她一边摘一边和我们说："采茶是有规矩的，茶叶采摘的是芽头，一个芽一片叶的那属于一等茶，价钱最好；有两片叶那只能算是二等茶了，夹叶越多，茶品级就越低，价格自然就不会太好。"她还说，"采茶的动作要迅速，要不手上的温度，会让新采的茶叶变了气味。"她用轻缓的语调和我们说着采茶的种种，带着本地口音的话语在唇齿间吐出，好像这山坡上的一颗颗茶芽。

我看了看身前的一棵茶树，摘下了一颗茶芽，放在嘴里咀嚼了一下，一股青涩的味道在口中散开。这种纯天然的野生茶叶，向来有"仙草"之美誉，且对自然界生长的环境、光线都极为敏感。好的茶，是需要有"天时地利"的。在公敢山，这里远离人居，山高气寒，没有污染，

公敢山上的茶树（莫限良 摄）

群鸟歇息让虫害也少，还有大量的腐烂落叶以及鸟粪当作天然肥料，这些常年云蒸霞蔚，听着鸟语花香长大的茶，口感肯定是优于人工规模栽培的茶。茶是会说话的。我这些年爱喝茶，这种野茶下锅炒起来香，喝在口中味浓，自古人们都爱这种茶。

"要杀青炒过才有味呢！"支书母亲对我喊了一声。

四

很早就听说公敢茶的古法制茶是不能让外人看的。我不知道是真是假，便问罗支书，她说是真的。

我知道好茶，除了茶叶要好，最重要的就是制茶的工艺了。一个好的制茶师，往往能调出最好的味道，把茶的香和味发挥到极致，稍微控制不好，再好的茶叶都会被毁了。

大家都很想看看古法制茶，一直央求支书演示一下。

罗支书害羞地摇摇头，说："我制茶不行。还是让叔公来吧。他才是制茶的大师傅。"

叔公呵呵地笑着，手脚麻利地在屋子的土灶上支起了一口大铁锅，从灶口旁边抓起一把干透的松针放入灶膛，在灶台旁边拿起一盒不知道存放在那里多久的火柴，划上一根，把手伸到灶膛里将它们点着，又往灶膛里添上旁边砍回来的干茶树枝。

叔公去洗了手，从另外一个屋里拿来一簸箕晾干的茶叶放在旁边，说道："我们公敢茶的古法制茶在以前可是不许外人看的，今天我破个例。"

"新摘回来的茶叶一定要放在阴凉的地方晾干才能炒，但是不能拿到太阳下晒，太阳一晒，茶叶会变得苦涩。"叔公一边和我们解释，一边翻动着簸箕里的茶叶，挑出一些"不合格"的茶叶扔到一旁，时不时还掐掉一些过长的茶梗。

我看着土坯垒积而成的灶台，灶膛也都是用黄土掺着穰和泥抹成，既光滑又不易开裂。这样的灶膛里的火才会越烧越旺。屋子里没有烟囱，那些青烟好像迷路的孩子，往上乱蹿着。膛内的茶树枝癖里啪啦地烧着，将自己最后的生命献给了火，我们的脸被火光映得通红，铁锅也烧得通红。

这时，叔公一把将簸箕端起，将茶叶倒入大铁锅中，随着

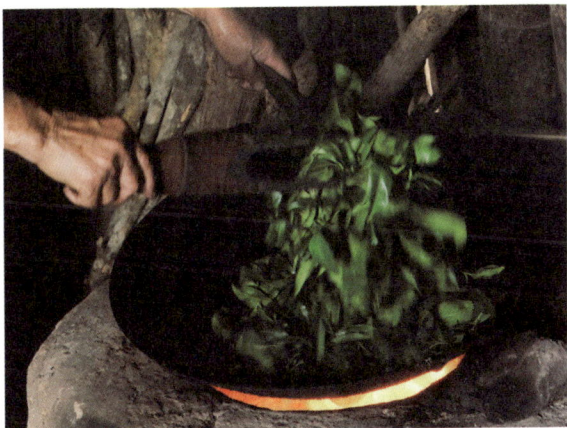

公敢山土法制茶（莫限良 摄）

"滋——"发出的响声，一阵清香扑鼻而来。只见叔公一双大手伸入滚烫的铁锅中，顺时针旋着铁锅里的茶叶，叶子也跟着旋转翻动，叔公一边旋着，一边抖散茶叶，让茶叶受热均匀。约莫过了几分钟，茶叶的颜色渐渐由嫩绿变成了深绿，叔公用铲子将茶叶舀了出来，重新铺在了簸箕上，开始揉搓。

炒的茶香不香就看火候，这个必须眼疾手快。

"火候要靠经验，手要感受温度，眼睛要看茶的形状，鼻子要闻味道的变化。"

叔公对温度计量单位是没有概念的，就像很多拥有传统技艺的老人，他们并不关心冰冷的数据，全凭自己的感觉和经验。叔公的经验是等到铁锅开始发白再至发红才下锅，而他那一双十几岁就开始炒茶的手，早已经习惯了高温，还能在铁锅和茶叶之间准确地判断出炒茶不同阶段所需要的温度。

"揉搓好，等冷了后，拿去烘就好了。"在叔公动作起落间，一股浓浓的茶香扑鼻而来。揉搓也是需要技术的，轻重结合，用力要均匀。过了一会儿，深绿色的茶叶在他的双手下，慢慢地卷了起来，慢慢地变得越来越细。

公敢茶和别的茶烘制方法不同，老师傅不会将其散开烘制，反之，揉

搓冷却后的茶叶将会被一股脑倒回竹篓，放到土灶台上，用柴火烧剩下的炭火进行烘制。茶叶的香味和柴火的火烟将会在这时候又回到茶叶里，再加上储存之时，公敢人都是将一筐筐茶直接挂于房梁，再次经过人们每天生火做饭升起的火烟侵蚀，于是就有了公敢茶特别的火烟味，让很多老茶客为之着迷。

我看完整个过程，听完叔公的介绍，才明白公敢茶不仅仅是火烟味，还有人间烟火味。

现今社会这么多人研究如何泡茶，却没有几人研究如何制茶。随着社会的发展，很多的茶厂已经开始工业式制茶，大型的机器设备取代了双手，无人机取代了走在茶道上的马匹。叔公这样的制茶老师傅越来越少，而公敢的古法制茶也即将消失。

我问起罗支书，为何不在家学习制茶，继承这一份产业。

罗支书笑了笑，说："公敢村外迁后，还有很多工作要做啊。"

我想起她来时路上电话不停，谈的都是村里的工作事宜。想来也是，茶即如人生，有些人在种茶，有些人在教人种自己的茶。而罗支书便是教人种"茶"的人。公敢村在她的带领下，大力发展公敢茶品牌和质量优势，和外界茶厂进行合作，每天茶树在茶山长着，公敢的茶农在耕作着，运茶的无人机在天上飞着，这无疑就是最好的证明。

五

临走前，罗支书给我们泡了一杯新茶，一片片茶叶在水里慢慢舒展身体，慢慢浮起又沉下，看着它们，感觉到时间都变慢了。

我拿起杯子抿了一口，一股茶香夹带着火烟味先在口中盘旋，仿若茶山上的云雾伴随着袅袅的炊烟，不肯散去，那里面夹杂着阳光和鸟鸣，夹杂着公敢茶人或清晰或模糊的背影……

我看向刚才叔公炒的那一篓茶，一根根如同穿梭在时间里的针，由茶山上的"生"到杀青后"死"，它们在铁锅里接受煎熬，在簸箕上任人揉搓，在炭火上烘烤，在马背上穿过山林、溪流、草地，在茶叶市场里目睹人生百态，经历过这些痛苦和旅程，到最后与水相融合，与懂它的茶客相遇，再次在人们的杯中恢复了最初的模样，那才算是达到了它们的圆满。

我们其实不懂茶，就如同不懂飞鸟为何不愿意被圈养，不懂水稻为何成熟了会低头，不懂河流为何要拐上几道弯……在世界这大铁锅里，我们都是那一颗颗茶芽，在火苗上兴奋舞蹈，在手掌间起起落落，而到了最后，我们才发现，每一次遭遇都是最好的安排，这是一场修行，一场让我们变得更好的修行。

下山的时候，阳光换了一个方向照射过来。生命不息，有些逝去的终将逝去，有些要到来的也终将会到来。从公敢茶山上，我们带着一个故事下山，脚步却变得轻盈，走过刚才走过的路，似乎又变得不一样了，途经上山时遇到小蜘蛛的地方，发现它又重新在旁边结了一张新的网。

作者简介

烟波，本名罗永胜，男，壮族，现居柳州。作品散见《广西文学》《星星》《红豆》等刊。

那一山隐居的茶（节选）
扫码可听

寂寂茶马道

颜晓丹

一

从大坪村委到公敢山茶马道的路口，是一段很近的距离，这距离让我产生一种不真实的感觉。我眼中的茶马道，应该是远离烟火，在人迹罕至处静默的。我们跟在村党支部委员冯金慧的后面，穿过村中央，穿过房屋夹道的水泥路，沿着一路生长的月季、一串红、野莓、鬼针草向山坡的方向走去，不到10分钟就来到一处坡边，冯金慧指着一个没有路标、地形也不明显的坡口说："就是这里了。"

坡口隔着一道修好的沟渠，一脚跨过去就踏上茶马道的起点，然后开始在茂林修竹间穿梭，倒是有一种清幽之感，往上逐渐进入树林覆盖的地带。四季常绿的阔叶林、低矮的灌木丛和草本植物、穿林而过的溪流、溪边流连的蝴蝶、树林间飞过的小鸟……山林特有的静美贯穿整个空间和心房，让我们一下子有了不一样的体验。我们正沉浸在这不一样的时空里，这时候，突然不知谁的一句话打破了宁静："这古道缺了青石板。"这句突兀的话，让我们的关注点回到脚下。

是的，我们正走在泥土路上，没有青石板，确实有些遗憾。

这些年，我也曾走过一些古道，尽管它们都寂寂无闻，但厚厚的腐叶覆盖之下，仍然是光滑的、发出幽光的青石，在经年的踩踏之后，一些石头露出深浅不一的纹路或蹄印，每次踏上去都会有"前不见古人，后不见来者"的怀古幽思之情。而我们脚下的这条百年茶马道，实在难以把它和记忆里的古道结合起来。它实在普通，紧实的泥土、细小的碎石以及削尖脑袋冒出一点青绿的野草——与大多数普通山道并无二致。来之前，我已经知道古道是早年公敢山通往山下的唯一通道，广东潮州罗氏的其中一支逃难至广西柳州鹿寨县拉沟乡，随后遁入森林密布的大坪村，再攀上云雾缭绕的公敢山。

我们坐车一路经中渡、黄冕、寨沙到达拉沟，再经拉沟一路盘山行至大坪村，当一重又一重山从四方八面压过来，当一层又一层林海覆盖过来，我们都在想，当年的战乱，让罗氏的这一支族人怀着怎样惊惧的心情一路向西逃亡，在荔浦县的蒲芦安顿没多久，又举家迁移来到鹿寨拉沟乡，进入山高林密的大坪后，仍然不敢停下脚步，执意攀上一千多米高的公敢山，在山顶与世隔绝，以种茶为生，繁衍后代。那样破碎的时代，隐藏着多少普通人的悲欢离合啊。

二

大坪村如今的村支书叫罗李英，是公敢山罗氏的后人，从大坪村采访回来后，我曾向她索要罗氏族谱，试图从中窥见罗氏在公敢山上与山下之间的连接。我此前还采访了大坪村小学退休校长盘志贵及原村支书冯金慧，在与他们的交谈中，在那些陈旧的故纸和有些凌乱的叙述中，一些若隐若现的故事浮出水面，那些日复一日的庸常和艰辛，那些开疆拓土和着血与泪的古道故事，随着时代的洪流一点点被淹没，但总有一些过往深植于人的筋脉和血液，去影响一条茶马道的命运和走向。

罗氏族谱记录里最早来到公敢山的先人是亿字辈，亿字辈罗氏祖先在战乱中一路从广东潮州逃至公敢山下。公敢山下森林密布，野兽啸叫，可是，这一切都抵消不了他们的恐慌，他们抬头望着云雾缭绕的公敢山顶，认定那里才是可以安顿的家园，但山高林密，无路可行，于是他们举起刀斧，披荆斩棘，历经半月有余，在迂回曲折中手脚并用，最后像野人一样登上这人迹罕至、与世隔绝的公敢山顶。似乎是为了回报罗氏先人的虔诚，山顶的茶树在云雾中迎接他们，让他们体会苦尽甘来的狂喜。罗氏先人本就有制茶传统，家族流传下来的古法制茶味道醇厚苦甜，于是，采茶和制茶成为他们在公敢山上安身立命的根本。

公敢山四面环山，山顶平地面积狭窄，仅够建房居住，四周都是茶树、古树和陡峭斜坡，根本没有多余的土地用来耕种，种茶、制茶、卖茶是唯一的活路，偶尔采摘一些香菇与茶叶一同售卖。但是，茶叶制好后怎么运下山，以便换取粮食、盐和其他生活用品，这是亟须解决的难题。公敢山东面连接永福、荔浦，南面连接寨沙，但东面悬崖峭壁，想开出一条运茶下山的路仅靠砍刀和斧头是不可能的。南面山高林密，下山的路虽然同样艰难，但仍可迂回而下，当初，他们正是从南面攀爬而上，所以，在南面修建道路是两害相权取其轻的选择。

罗氏先人就这样开始了开辟下山通道的艰难历程。山中树林繁茂，古木参天，抬头不见天日，杂树灌木盘根错节，人要躬身在林间穿梭才能寻到落脚点，才能不受阻碍地挥起刀斧。林间埋伏有毒虫子，被咬上一口就会肿痛好几天，最可怕的是遭遇毒蛇。那日，一位开路者实在太累了，于是选择一棵古树作依靠后很快入睡，完全没想到危险正在逼近。一条毒蛇悄悄滑到他身边，爬过他赤裸的身体，滑腻的触感让熟睡的开路者身体不适，他轻移身体，被惊到的毒蛇迅速朝他的胳膊咬了一口，真疼呀，他睁开眼，强忍着疼痛用刀割烂衣服绑住手

公敢山上的野生古树茶（韦在梅　摄）

臂，呼喊附近的兄弟，还好捡回一条性命。每一天，危险都在靠近，身体在极限中挺过。紧握刀斧的手被震得虎口裂开，穿着草鞋的脚被荆棘刺破，喉咙热得像着了火，食物似乎永远都不够吃，就算生病了也要默默忍着，因为这是活着的常态。道路在一点一点地显现，一点一点地向山下延伸，有时会遇到沟渠，清澈的溪流缓缓流淌，像流向一个希望所在。

春夏秋冬缓缓交替，一条几千米的古道终于连接山下，这是生的希望，活的期盼。自此，罗氏先人从这条山道把茶叶挑到寨沙贩卖，换回粮食和其他生活用品，生活得以维持下去。

当越来越深入地了解这条血汗交织的道路时，就越会明白，纠结于青幽石板的古意十分可笑，那些最平凡的，交织在道路上的一点一滴才让人铭记于心、潸然泪下。

罗文德和罗文潮是公敢山罗氏第四代后人。他们在公敢山出生，继承公敢山先人的种茶祖业。鹿寨解放前，遭遇公敢山最艰难的时刻。那年春夏之交，罗文德背着茶叶和香菇下山，差点丢掉性命。罗文德从公敢山通过古道下山后，到达密林覆盖的大坪村，再走约30里到达人迹罕至的拉沟，最后走40多里到达市集寨沙。寨沙镇地处小瑶山腹地，地理位置复杂，交通闭塞，匪患十分严重。寨沙大匪首邓海山、土匪蔡老六在这里强抓民夫、掠夺财粮、奸淫妇女、杀人放火，无恶不作。但这里又是方圆几十里村民交易的市场，罗文德带着茶叶和香菇到达时已是下午，饥肠辘辘的他一心想着赶紧换了粮食后再吃上一碗米粉。这时，不远处突然传来几声枪响，十多个衣衫破烂的人朝着他的方向狂奔而来，后面持枪的人一边开枪一边高喊"站住"，接着几人中弹身亡。罗文德明白碰到土匪抢劫了，只要被抓住就是死路一条，他想都没想，丢下货物就往回跑，他不敢回头，沿着来时的山路狂奔，却因一时情急滚下山坡，最后被一棵树挡住，他顺势抱住，不敢抬头。很快，凌乱的脚步声在头顶响起，紧接着是枪声、呻吟声、咒骂声、鞭打声此起彼伏，让他毛骨悚然。罗文德伏地一动不动，声音渐渐平息。夜晚来临，罗文德饿得直冒冷汗，他颤抖着往上爬，只见死去的人流出的血已浸入土层，在地面留下一团黑红，像枯萎的茶蘩，上演无尽的黑暗。他不敢细看，踉踉跄跄地往公敢山的方向逃。

月明星稀，罗文德也没了思考。他太饿了，双脚像灌了铅，举步维艰。离公敢山脚还有几十里路程，他想得赶紧回去，他摘了些路边黑色的浆果，扯了几把白嫩的茅草根咀嚼，总算恢复了些元气。远处野兽的声音时远时近，让他害怕，终于到达平时可以藏身的山洞，他想他要先休息一晚，没力气了。

第二天，罗文德被鸟声唤醒，他爬起来喝了一口山泉水继续赶路，终于到达公敢山脚下。他抬起头，第一次觉得这条回家的山路是如此艰难。为了活命，他把一家人差不多半年的口粮丢在寨沙，他空手而归，有什么脸面回去呢？

他坐在山脚想了好久，想起父亲曾说过，只要人在就有得活。他鼓起勇气踏上归家的路。上羊崖冲，拐过小坳，爬上大坳，翻过一字岭，再过大牛栏和小牛栏，到达辛酸的泪尾，过了泪尾，再走几里，就上到公敢山顶了。每次过泪尾时，罗文德都觉得先人取的地名太有意思了，翻过一坡又一坳，跨过一沟又一坎后，汗水像河流一样往下淌，和泪水有什么区别，那就权当这是泪吧，最后泪一次，就迎来曙光了。

家人们眼巴巴地等着罗文德，看着双手空空的他，饥饿的小孩忍不住哭了。父亲望着他狼狈的模样，心中了然，能捡回一条命已是万幸。父亲说："没事，我们想办法活下去。"

那一年的生活艰难异常。他们把公敢山顶能拆的房子都拆了，所有人都挤在一个狭小的空间，把有限的土地腾出来种植玉米、红薯，但也仅够不到一个月的口粮，狩猎的成果也极其有限，肚子好像永远都是空的，小孩总被饿得哇哇大哭，每个人的脸颊深深地凹下去。山下不时传来激烈的枪声，被焚烧的房屋烟火飘入空中，这一切都把那条通往山下的道路给堵死了。第二年的枪声更甚，他们再也忍受不了，饿死或被打死，选一条吧！罗文德和罗文潮两兄弟偷偷下山，打听到解放军已开始剿匪，好日子就要来了。似乎还能再忍忍。

在忍饥挨饿、担惊受怕一年多后，拉沟终于迎来解放，下山换粮的道路不再受阻。不断有人来到大坪村开荒种地，公敢山罗氏与山下村民的接触变得频繁起来，但他们属外来瑶民，融入的过程相对缓慢。土改时，公敢山上的瑶民没有分到一分土地，生活越来越艰难，最多时14户人口已经难以支撑下去，于是他们下山到大坪村搞副业，善良的大坪村人接纳了这群在山顶生活了几代的瑶民，把土地分给他们，山顶上的公敢山人，终于成为大坪村的一员。

那日在大坪村委采访盘老师时，他回忆起在生产队挣工分的日子。每年清明采茶时节，生产队都会挑选10多人背米上山。那时他只有16岁，已经是一个成年人的劳力，他跟着被挑选出的村人热热闹闹地登上那条茶马道，一路唱歌打闹，声音惊飞了小鸟，惊扰了河流，吓跑了野兽，寂寞了100多年的古道第一次感受欢乐，原本要走近5个小时的山路，在欢笑声中只用了3个多小时就被轻松越过。一群采茶人在公敢山上安营扎寨，自己开火做饭，每日采茶、晾茶、制茶，也采些香菇，半个多月的时间一眨眼就过去了，收获的茶叶香气四溢，为每个人注入更多的精气神。工作结束后每个人背上几十斤茶叶，沿着古道轻快地下山，那真是一条令人愉快的古道呀。

那些年，是古道开辟后最热闹的时节，没有战争，没有饥饿，没有恐慌，茶马道拥有一条路最幸福的状态。

三

我们跟着冯金慧继续沿着古道向上行走。路边植物繁茂，冯金慧一一向我们介绍。形态秀丽的草珊瑚很是独特，在我们眼里最是金贵，因为来之前喝了冯金慧煮的草珊瑚茶，淡淡的药味让人十分回味；第一次认识五指羊奶，是一种可以煲汤的药材；鬼点火听着可怕，事实上可以成为餐桌的美味，水边芭蕉、林间麻竹、九接风……这不仅仅是一条茶马道，还是一条品种繁多的药材之道。

越往上走，路面越发陡峭，路过一处凹陷之地，冯金慧告诉我们那是麻风槽。这名字让人听着不适，于是细问名字由来，才揭开这背后的无奈之举。

那是匪患蔓延之时，土匪试图登上公敢山，为保住山上几十口人的性命，大家想了一个办法，在距凹陷之地近百米处立了一块警示牌子，提示前面有麻风病人，这个可怕的不治之症让土匪躲之不及，古道得以保持太平，公敢山人得以保住性命。

这条茶马道到底还有多少故事呢？从早期罗氏先人寂寞地行走，到挣工分时代的欢乐登顶，事实上已经没有多少人能讲得清楚了。如今，连大坪村都很少有人走过这条古道。前几年，永福县开通高速路后，在现代机械的帮助下，当地政府从公敢山东面另外修建一条道路，节约了不少上山时间。茶叶制好后，不再人工运送下山，而是使用无人机从东面空载下来，在永福装车后踏上高速，人力和运输成本都大大减少，这无疑是时代进步的缩影。公敢山南面茶马古道逐渐沉寂下来，最后也将被越来越多的人遗忘于风中。

但是，又有什么关系呢？茶马道仍然在那里，寂静中包容万物，在过往的烟尘中，它守护生命走过不平凡的旅程。现在，它虽在时代中谢幕，却又站在大坪村人的身后，以另一种守护者的形态不离不弃。

寂寂茶马道，绵绵几世情。

作者简介　**颜晓丹**，广西作家协会会员，中国林业生态作家协会会员。在《广西文学》《草原》《红豆》《南方文学》等刊物发表作品，现为南丹县文联主席，河池市作家协会副主席。

寂寂茶马道（节选）
扫码可听

茶里乾坤

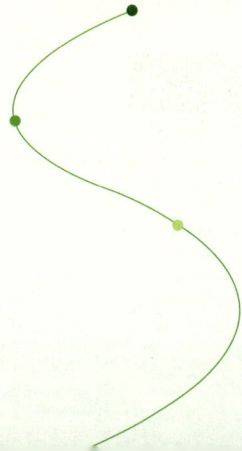

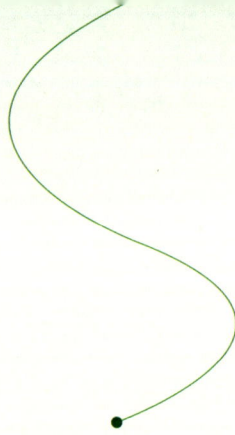

瑶茶奇缘

梁晓阳

天鹅绒一样的白雾完全笼盖密密麻麻遍布着紫竹的垭口的时候，我跟跄着紧走几步追上了罗李英，伸手拨了一把飘到眼前的雾气，几乎是用乞求的语气对她说："我们歇一会儿吧。"

她不说话，慢慢地迈着步子朝垭口一株杂树走去，与我拉开五六米的距离，最终在树下站定。

两个小时前，罗李英作为拉沟乡政府给我们采风小组安排的向导，带领我们一行五人从山脚出发。

"你们去公敢山上啊，山高路远，上面食物短缺，要靠无人机运送，你们一路上要听向导罗李英的话，实在走不动了就在路边等候，可联系我们。待会儿我们会安排好食物运输，保证你们有饭吃！"乡党委的女宣委说。

就要走进崎岖小路的时候，一根比拇指稍粗、一人高的竹子伸到我面前，一个女声说："你书生一个，拿着吧。"我一摆手说："我不用。"她却固执地举着："听我话，这是一根竹节钢鞭，待会儿有用。"我本想再次拒绝，却鬼使神差地接下了。

上山前他们说公敢山不比普通的山好爬，崎岖羊肠，如果自感身体不行，可以放弃。

在山脚下出发前，巨大的无人机为我们运送食物。我问："要运到哪里？"罗李英说："你看那边，白雾缭绕的地方。"

我顺着她手指的方向看去，几座指尖一样挺拔的山峰，被一圈圈像"Z"状的白色云雾缠绕着。

山坡上偶尔见到盛开的樱花、香樟树花、金银花，让山色显得更加绚烂。

穿越了三条水渍横溢、山蕉掩映的狭小岸道，再沿着林荫小道走上松针遍布的山径后，人员分化就开始了。有两人坐在路边休息，商量着退出跋涉，打道回府，原地等候我和罗李英返回。而我，其实也已经腰酸腿软，气喘吁吁，手上这根竹拐杖的作用更明显了，它每次伸出去点击在路边的实地上，都传递给我一种支撑的力量。

"好吧，看在你第三次求我的份儿上，我同意休息几分钟。"罗李英一边说，一边坐在了那株杂树下的一处高地上。

"你要帮我们的公敢瑶茶宣传宣传啊！"她撩了一把有点湿漉漉的额前碎发，两道灿亮的目光望向我。

"那肯定啊，要不我来你这儿干什么？"我望着她说，"我来采风，就是想发现你们这儿的美，还有特产，然后宣传宣传你们……"

她抬头瞄了我一眼，露出柔顺的眼波。

我刚准备起身，突然感到胃部一阵刺痛，身体失去平衡，踉跄歪倒在了土路上。我才想起，肯定是因为早餐时贪吃了两瓶冻奶。

罗李英说："不妨事，坚持一会儿，到了山上喝一碗我们的公敢瑶茶，保准你的胃疼马上就好。"

"可是，我……"我捂着肚子直不起腰来。

"还能咋的？我背你呗。"罗李英乜了我一眼，嗔道。

"不用你背，幸得你给了我这根竹节钢鞭。"我扬了扬手中的竹棍。

再次起步时，她扶我起来，我靠在她软绵绵的臂上，心里一阵感动。一缕好闻的仿佛金银花发出的体香窜进我的鼻孔。

大雾漫山，能见度不到十米。

罗李英说："我也有过文学梦呢，高中的时候我曾经看过《百年孤独》。

我时常在山竹林里胡思乱想，一心想写我们山上的一个传说。"

"传说？什么传说？"我一副打破砂锅问到底的精神状态问道。

她头一仰甩了一下长发，不经意间瞥了我一眼，开始讲述。

康熙三十五年的春天，云雾山的风似乎还没有苏醒过来，太阳已经早早起来干活，给上山的人火辣辣的鞭策和鼓励。

两个小时前，十九岁的瑶族姑娘黄香桃作为鹿寨县衙安排的本地向导，带着柳州秀才公敢从山脚起步，直上高山瑶寨采风。

上到半山腰，太阳却像一个偷奸耍滑的小伙儿，"哧溜"一下不见了，代之而来的是一大片白雾，刹那间笼罩整个山岭。风也突然强烈起来，一阵白色的浓雾突然就漫过了他们的眼前，很快对方的面孔也蒙上了一层流荡的雾影。

公敢正想起步攀登，却顿感胃部刺痛，跌倒在地上。

"你怎么啦？"香桃急忙扶他起来，关切地问道。

公敢额头冒出了几滴汗珠，说道："想必是早晨吃饭时，喝完放姜的两碗油茶，又喝了凉水导致的。我本就有胃病，长期熬夜读书造成的……"

香桃说："原来如此。不妨事，我们山上的瑶茶可以缓解你的不适，到了山上喝了茶，你的胃疼肯定就好了。"

白雾像飘浮的厚棉被一直在覆盖着他们。

不知过了多久，他终于在香桃的搀扶下，到达了公敢山顶。

抬头一望，眼前已经是一间土墙房子和几间竹棚组成的村子，几根晾衣绳上挂着缤纷的衣裳，门前屋后尽是青得发黛的茶林。原来已到寨上了。

一位穿着瑶族服装、脸庞白皙透红的妇人坐在十几米外一处草坪上，在剥着手中的山竹笋，地上一只小筐里，是已经剥好的露出白白嫩嫩肌肤的竹笋。

经香桃介绍，那位还颇似少女的妇人是她的母亲，由于常年喝公敢茶的缘故，看上去比同龄人年轻很多。

香桃边说着公敢的遭遇，边和母亲一起把公敢搀扶进竹屋，让他先躺在床上休息，自己和母亲分工去给他烧水煮茶去。

不一会儿工夫，就煮好了一壶茶。透明像琥珀的茶汤，闻起来有一股人参的味道。她不停地烧水、泡茶，一把又一把茶叶从竹筐里拿出来，放进那只古铜茶炉里，烧开的茶水"咕嘟咕嘟"响，人参的味道一直在竹棚子里荡漾。公敢喝了整整一下午的茶，到了夕阳落在云雾山下的时候，他的胃疼果真就好了。

"简直是神茶，仙茶，我一定要向县衙汇报。"公敢一副不可思议的模样，连连赞叹道。

吃晚饭的时候，香桃的阿爸告诉公敢一个"秘密"："这茶之所以这么神奇，是因为它是传说中云雾山上的'仙茶'。"

"仙茶？"公敢饶有兴致地问，"难道喝了能成仙？"

"非也非也，传说很久很久以前，山上就有茶树了，千万年没有枯死，十年才出茶叶一次，谁遇上采到了，就能治百病。"

"太神奇了！"他感叹，"就冲它能治好我的旧疾这一点，我就相信山上有'仙茶'。"

于是，第二天一早，公敢就决定独自一人进云雾山去寻找香桃阿爸说的"仙茶"。

香桃一脸迟疑道："你一个秀才，对山里并不熟悉，怎么去找？"

公敢说："我一定要去云雾山找仙茶，完成县令的嘱托……"

日头还没有出来，香桃将公敢送到屋头那棵高出竹棚子两倍的鸡爪莲树下，说："你可不要乱跑，找不到'仙茶'就原路回来……"

然后公敢就走进了浓浓的白雾之中。

那天，到了日头走下云雾山，公敢也没有回来。

第二天日头还没有出来，香桃就疯狂地往云雾山上跑，钻进了山上的云雾里，她朝着大路小跑，可是大雾漫山，啥也看不见。她喊："公敢——"除了山谷回响，啥也听不到。

不久后，瑶寨就流传出一首瑶歌：

> 大雾遮挡住了云雾山，
>
> 神灵也拦不住人寻仙，
>
> 宁叫玉皇大帝江山乱，
>
> 万不能叫公敢忘了还。
>
> …………

一晃十八年过去了。瑶民们为纪念那位勇敢寻"仙茶"、独自踏进云雾山的秀才，将云雾山改名为"公敢山"，山上采来的经过炒制后的茶叶，就命名为"公敢瑶茶"。

罗李英说完故事后，沉寂了好一会儿。

山林里传来了山鸡"咯咯咯咯——"的叫声。

"还是上山就听到的那只，一定是母的，跟着我来了。"我故意逗笑道。

"我猜也是跟踪你，要不它怎么这么赖皮。"罗李英也笑道。

她扶住我，脚步声却变得沉重起来。

我突然一阵内疚，觉得我太不像个男人了。

我们到了一条水声潺潺的溪流边。突然，我听到她说了一句什么，似乎是对我提出了什么要求。可是水声琮琤，我听不清她的话。

"你说什么？"我把嘴巴凑到她的耳边喊。

"我说，你要帮公敢完成宣传我们瑶茶的任务噢！"她喊。

我听清楚了。不知为什么，我心里渐渐生出一股悲壮。

"放心吧，我保证帮他完成！"我也喊了一声。我似乎听到了公敢山四面响起的回应。

一架无人机"突突突突"响着飞过我们头顶，我知道，那是给我们运送物资的。

拐了一个大弯儿，向左转，就见眼前是一间土墙房子和几间竹棚组成的村子，几根晾衣绳上挂着缤纷的衣裳。门前屋后尽是青得发黛的茶林，树尖上，一丛丛一排排的鹅黄茶尖喷涌而出，带着露珠，一种春日漫芳的景象在寨前寨后蓬勃盛开。

无人机已经停在草地上，两个上了年纪的瑶族男人正在慢吞吞地解开无人机上的包裹。

罗李英喘着粗气，却是轻轻地扶我到竹棚前的台阶边，我刚好坐在了竹棚前的石阶上。我也将那根竹拐杖靠着石阶轻轻放下。

一位妇人正在屋外忙碌着，看上去年纪不大。

"大妹子好！"我忍着胃疼，招手朝她喊。

"大妹子"抬起头，甜甜地朝我笑了一下。

我更高兴了，觉得胃疼好了几分，忍不住又喊："大妹子这么勤劳啊？"

"大什么大，妹什么妹，她是我妈！"突然，我背后响起了一声娇叱。

我转头看向罗李英，瞬间尴尬道："她——是你妈？"

"不是我妈是你妈啊？"她急遽地又转怒为笑了，嗔道，"你呀，眼睛真拙，老人都看不出来。"

采茶（韦在梅　摄）

"呀，你个野妹子，你说我老了？"那边的"大妹子"突然接话。

"你再不老，人家就追你这个'大妹子'了！"她开始转头嗔怪那边的人。

"能怪我吗？还

不是你爸整天叫我喝这个茶，说是越喝越年轻，越喝越像大妹子，这不，这个小伙子都鉴定过喽……"话还没说完，响起了三个人的大笑声。

一间土房子的外墙上，挂着一块明显经过裱装好的书法，黄色底景上书写着四个黑色的字"公敢瑶茶"。

喝了整整一下午的公敢瑶茶，到了夕阳落在云雾山下的时候，我的胃疼果真就好了。

"简直是神茶，仙茶，我真该为你们宣传出去。"我习惯性地拿出笔记本开始记录感受，并且采访了罗李英的妈妈。

"我们这地方的好茶，全部都依赖云雾，尤其是云雾山上的'仙茶'，一到晚上就被雾罩着，太阳出来雾才散开……"

我们各自坐在竹棚门口前的一只小木凳上，捧着一碗快餐面，挑起来，热气腾腾的，我们窸窸窣窣地吸着吃。

我问："阿姨，你真的是常年喝瑶茶吗？"

"是啊，我一天喝两次，一次两大碗，喝着喝着，大家都说我皮肤好了，皱纹也不见了，我也几乎没有感冒过。"她笑眯眯地说。

寨子只有八户人家，有罗、庞、邓、黄等姓，都是清一色的瑶族。经过罗李英的联系，每户人家采茶都直接将生茶卖给拉沟乡茶厂，收入最多的黄姓人家一年超两万元，最少的也有七八千元。五年前的一个春日，罗李英的丈夫和妹妹一起去了东莞，丈夫帮妹妹的厂子看机器。只有自己还留在山上，和母亲一起，年年采茶卖茶。

我在罗李英的房里，看到了那本已经被翻得残缺了的《百年孤独》，旁边一个发黄的本子上写着一段："康熙三十五年的春天，云雾山的风似乎还没有苏醒过来，太阳已经早早起来干活，给上山的人火辣辣的鞭策和鼓励……"

走出房子，我站在屋头那棵鸡爪莲树下，听罗李英说，人吃了鸡爪莲的果子就会像鸡爪一样紧紧抓住对方的心。我想象着五年前的那个春日，罗李英的丈夫从树下出发，走下白雾缭绕的公敢山，坐上开往广东的班车的情景，从那一刻开始，他就永远地抓住了罗李英的心。

我站了很久。夕阳西下，四下的茶树由青涩变成黛色。最后，整个公敢也笼罩在天鹅绒一般的白雾里了。

听到脚步声，我缓缓地转头，身材高挑丰腴的罗李英轻盈地走来，我也闻到了一缕茶香，穿透天鹅绒似的白雾徐徐地飘进我的鼻孔。

作者简介

梁晓阳，广西北流人，出生于两广云开大山余脉。在《中国作家》《花城》《天涯》《美文》《散文海外版》等刊发表作品。出版有长篇散文《吉尔尕朗河两岸》、散文集《文学中年》和长篇小说《出塞书》等多部作品。曾获首届三毛散文奖。中国作协会员，中国散文学会会员，广西玉林市作协主席。

公敢山·时光·人·茶器

刘月潮

一

通往公敢的路就在亮堂堂的天上，一条通天的公敢茶古道，在我心中，它似乎一点不逊于闻名于世的茶马古道。茶马古道是唐宋以来中国西南、西北地区商贸往来的一条通途，连通着四面八方，也是一条亘古不变的交通要道，地跨陕、甘、贵、川、滇、青、藏，外达南亚、西亚、中亚和东南亚各国。古道、古镇、古堡、古桥、古树……将时光走廊上的每处遗迹衔接起来。茶马古道上曾终年行走着一支支马帮，无数的马蹄踏碎了千年岁月的喧嚷，无数马的嘶鸣声还回响在古道的上空，无数马车的车辙还遗落在石头的坑道里，无数的历史传说还在一次次激荡着岁月深处灵魂的回响。

茶马古道，或许还弥漫着茶叶经久不散的香味，或许马帮沾满风尘的号子声还在召唤着，而鹿寨县拉沟乡大山深处的公敢茶道，则是一条孤独而又寂寞的上山下山之路。

二

我们却没有走公敢茶古道，从荔浦市蒲芦乡万全村横排屯石川队出发，便踏上了去公敢的路，一条上山的路。这条路是大坪村支书罗李英等三家于 2005 年 10 月开始修的，他们三家的山林都在公敢山的西边，跟蒲芦乡万全村横排屯石川队这边的山林相邻，他们出资修了这条简便的上山的路。这条上公敢山的路也是大坪村支书罗李英替我们挑选的，她说如果走公敢茶古道，一天内无法上山下山，来要一天，回要一天，而走公敢山西边的这条捷径，一天是能够来回的。

这条捷径似乎应了"路是人走出来的，走的人多了便成了路"这句话。想来这世间的每一条路，都有它的来历，也有它自己的经历，还有它的方向，一条路的方向决定了它的命运与价值。如今这条从蒲芦乡万全村横排屯石川队上公敢山的路便成了上山人的首选。

另一条上公敢的路就在公敢山的南边，从拉沟乡大坪村大坪屯出发，那是真正的公敢茶古道。大约二百年前，公敢山的瑶民祖先们顺着一条迁徙之路，从广东潮州一路跋涉，风餐露宿，迁至荔浦永福鹿寨一带，有的则向古报尾山脉深处进发，为躲避当时频繁的战乱与繁重的赋税，去寻觅一方世外桃源，

公敢山上的采茶人（韦在梅　摄）

安顿疲惫的灵魂和身体。罗姓瑶民翻过一座又一座山，一直来到了公敢山，寻找到了安放身心的家园，从此在公敢山扎根下来，繁衍生息。他们在公敢山南边开辟了一条进出的山道，这条山道也是他们来时走过的，他们挑着茶叶顺着这条山道到修仁、荔浦去卖，再换回粮油、盐巴及日常生活用品。一条公敢茶道，衔接着大山深处的寂静和山外世界的喧闹，连接着山里山外物质的贫乏与丰饶。一个王朝的民众，宁可躲进深山过着原始人的生活，也不愿身在闹市里，这不得不令人深思之。

因时间关系，我们与这条公敢茶古道无缘，失之交臂，但它似乎一直立在我们对它的想象与回望中，已连续在公敢山生活了九代的罗姓瑶人，却在这条公敢茶道上奔走了两百多年，用辛劳和勤快兑换着日子的艰难。

石川四面都是山，山围着村庄，也包围着人，村庄也成了山的村庄。石川人是幸福的，水泥铺设的村道已通到了石川，汽车能直接开上来，停在石川山岭上的停车场。天刚落过雨，接着又瞬间放晴了，但进山的路还是湿漉漉的，雨水在山道上像打了层蜡似的。

雨后的青山像一个刚从浴盆里出来的婴儿，令人打心里忍不住想去亲热、拥抱它。在山的怀抱里穿行，像在跟山上的一草一木亲近着，人走近草木，草木也纷纷走进人的内心。山风送来了各种鸟的鸣叫声，把鸟的声音传遍了山的每个角落，久居都市的我们听着清脆的鸟叫声，反而更加感受到山的幽静。山是宁静的，静得让人感到体内血液的涌动；山是辽阔的，辽阔得令人感悟到自己的渺小；山还是高远的，让人时时体察到自己生命的卑微。

在各种鸟的叫声里，我们一路前行，大约走了半小时后，进入了林深茂密的山腰地带，山脚下哗啦哗啦的流水声，一下子冲上来，洗刷着充满污垢的身心。我们一路走溪水一路陪伴，清爽的水渗入山的血脉之中，润泽着山的灵魂。阳光从林间树叶的隙缝里漏了下来，斑斑驳驳的，仿佛在给山林文身。阳光在林子里走出了一条条光亮的路，每一条路

公敢山上的野生古茶树（韦在梅 摄）

都是通往令人向往的远方。溪流一路喧腾着，溪流也是人间的一条道路，水淌到哪里，哪里就是家园。山林、风声、鸟鸣、溪流……一座山最朴实的语言，山的语言是丰厚的，每个季节有每个季节动听的语言，山总把最好的心语留给登山人，送给每个倾听它心声的人。

长时间行走在公敢的山道上，人很容易成为山上的一棵棵树，成为山上的草木，成为山上的一块块石头，成为山上的一只只鸟，成为流淌的溪水……山上除了杉木等常见树种外，大多数林木都叫不出名字，也不懂得它们的习性，它们却自然朴实地生长着，成为山的一部分。

在林木间穿行，犹如在时光机里穿梭，一棵棵树折叠着各自几年、几十年甚至数百年生长的时光，它们不同的年轮展示着不同的生命经历，一棵棵树的阅历也藏着树对世界的深刻的认知。

上公敢山的路，在我看来，这是一条阅读一座座山及一棵棵树的时光之路。

三

历经两个半多小时的攀爬，久居都市缺乏运动的我们，终于气喘吁吁、汗湿青衫、一身疲惫地登上了公敢山顶，此后便是下山路。下山时人会轻松很多，而公敢村就坐落在公敢山东边的山腰上。往公敢村进发，刚走没多远，我们就在路边遇见了一大片茶树林。这片茶林一看就是土生土长的，每一棵茶树都千姿百态、无拘无束、自然而散漫地生长着。

我生在南方的产茶区，村里家家都有自己的小茶园，我还从未见过这种野生的茶树，南方的每苑茶树年年都被修剪整形，每苑茶树的高度都被控制在半人多高，不会再给它们任何往上生长的机会。而公敢山的这一片茶林竟然都长成了自然生长的茶树，这得经过多少年时光的浇灌与荡涤，还得有一代代公敢人对每一棵茶树的纵容和放任。

这是一片原始的茶树林，也是一片幸运的茶树林，我时时感受着每一棵茶树生长的野性与奔放，每一棵树的枝丫都在随心所欲向不同方位伸展着，似乎从生下来就没有遭受一丝一毫的委屈，它们都生长得极为任性，也极为自由。我在茶树林边停下来，歇息着，打量着每一棵茶树，感受每一棵茶树的生长，那些自由伸展的枝丫，那些舒放的叶子，让我窥见了一棵棵茶树的天性。或许茶树的生命本该如此，或许茶树的生命唯有在公敢才得到真正的尊重。大坪村罗支书上前告诉我，说茶树是公敢山自古以来一直就有的天然树种，当年他们的先祖深入古报尾山脉寻找安身立命之地时，和一棵棵古茶树相遇，也只在公敢山的东面发现了大片野生的茶树林，那时的茶树就像一棵棵大树直插云霄，而先祖一路走来，除了公敢山，其他的山再也寻不到一棵茶树的踪影，先祖又前往一旁的古报尾主峰寻找，发现主峰上却见不到一棵茶树。成片成片的古茶树林是上天赐给公敢山的，也是上天赐给公敢人的。

面对一片片古老的茶树林，罗氏先祖没有一丝的犹豫，一心在自然条件恶劣的公敢山安营扎寨，并以采茶、制茶为主要营生。古老的茶树林从此成了一代代公敢人的衣食父母和谋求生计的饭碗。

眼前的茶树林大概是一片无人过问及采摘的茶林，公敢人放任这片茶树林肆意地生长，茶树都生得高高大大的，有的高达五六米，枝干粗大，跟南方低矮的茶树完全不一样。茶树林里及周边混杂着各种树木，各种树同处一山相安无事，和睦共生。我认得的就有野生的椎子树，椎子树产米椎，味道比板栗还要好得多，这是大自然赐予人类的一种美味，椎子树每年秋收时产出大量的米椎，而这样的茶树林却是不怎么出茶叶的。清明早已过了，此时南方的春茶采摘已接近尾声了，而这片茶树林才冒出了星星点点的嫩叶，这是一棵棵古茶树对春天来临迟钝的感知，古茶树把生命中所有的时光层层折叠在一起，折叠着生命的质朴和原味。公敢山地处古报尾山脉深处，终年云雾缭绕，气温偏低，冬天及早春天一冷就时常结冰，茶树新的叶子等不来春天的召唤，总会姗姗来迟。在公敢山时光的深处，一蔸幼小的茶苗，要经历几十年乃至数百年时光的养育，才会从容地成长为一棵棵茶树的样子。

而在我们南方，茶园里密植着一蔸蔸茶树，它们被修剪、被整枝整形、被施肥、被喷洒药水，茶农们都想方设法增加茶的产量，以此来增加经济收入，而决不允许它们长成一棵棵好看的茶树。茶农们绝不会放纵一蔸蔸茶树的生长，也不会尊重一蔸蔸茶树内心的选择。

公敢山的一棵棵茶树就是这样以玉树临风的树的形象走进我的视野，走进我的内心深处。

当我真正面对数百亩公敢茶园时，我还是被一棵棵气势磅礴、任性而又率真生长的茶树震撼了，这不是什么茶园，而是公敢独有的茶树林。公敢山的茶始终以一棵棵树的形式朴素地生长在天地间，没有任何束缚放开了手脚任性地生长。茶树立于天地之间，仰望着头顶的日月星辰，追逐着清风明月，茶树的根却深深地扎进大山深处，一棵棵茶树身上藏着一代代公敢人的故事，也藏着天地非凡的万千气象。

公敢茶林自山腰一路延绵往下，千万棵茶树连成一片，一直伸展到山脚下，公敢山上的土质好，黄壤兼容了沙壤土，最适合茶树的生长，也许早在千年前，或者更为久远的时候，公敢山就自然而从容地选择了一棵棵茶树，物竞天择，这是大自然的规律与选择，公敢山与一棵棵茶树相生相伴，一路走下来。公敢山海拔近千米，是古报尾山脉的第二高峰，公敢山的东边坡度小，山势缓缓而下，站在公敢山上放眼望去，对面多是些小的山岭，地势极为开阔，就像一个永远积蓄着阳光的海面。公敢山的茶树林日照时间特长，太阳一出来就照在了茶林里，而太阳落山前，阳光依然照着茶树林，从早到晚，天上的太阳一刻也未离开过茶树林。太阳一走，山区的天气就骤然冷下来，昼夜温差形成的云雾滋润着茶树林，公敢山的地理环境及气候得天独厚，这里的茶树林得天地之灵气，制作出来的公敢茶味道醇厚，香气浓郁，夹带着阳光和云雾清新的味道。

公敢的茶树林从来都是原生态的生长，茶农对茶树从不整形，不喷农药，不施化肥，只对茶园做些简单的护理，先清理茶园的杂草杂树，再对一些古茶树优胜劣汰，当这些"老弱病残"的古茶树丧失产茶能力，就不得不忍痛砍掉。砍古茶树时，要留出离地上30公分左右的树桩，留下的树桩才会长出幼芽，长成具有产茶能力的新茶树。茶树的生命就这样生生不绝，繁衍生息。

公敢人和茶树之间缔结了人世间最朴素的感情。这种感情有源头，却没有终点，在公敢人心中一代代像一朵朵茶花般绽放。

每年开春，大坪村大坪屯就会有十一二户人家卷起铺盖，挑起粮油进驻公敢山，给茶园做一年一度的开春护理，并采摘春茶。到了清明时节，茶农就爬上树开始采茶。从开春的茶园护理到采茶结束，茶农要在公敢山上待上两个多月。

大坪村支书罗李英在自家的茶园里边采茶边给我们唱起了几首自编的采茶歌：

阳春三月百花开

瑶山姐妹采茶来

运茶古道历辛险

唱首山歌乐开怀

公敢是个好地方

好山好水好风光

瑶妹采茶香千里

千年古茶名远扬

走了横排过石川

十八湾路上高山

公敢茶场休息下

烧壶茶来解口干

…………

有山歌相伴，罗支书的采茶很有仪式感，我们无不被罗支书真挚朴实的歌声感动。

四

一只烟熏火燎浑身漆黑的瓦罐，壶身长着四只耳，生着半豁口的壶嘴，这只从时光深处穿过来的瓦罐，一路带着岁月的烟尘，就像一个历经艰辛的旅人，风尘仆仆地把自己亮在众人跟前。

这是一只公敢人用来煮茶的瓦罐。

我们在罗支书的叔伯罗有保老人的餐桌上见到了这只已缺失了盖子的用来煮茶的茶壶，罗有保老人用一只小茶碗扣在壶口上，当作盖子，壶身也早已用铁丝箍了两圈加固。罗有保老人说这只茶壶已传了好几代人。

茶壶的简陋令人大吃一惊。我们同行之人大多爱茶，茶的品位自然不低，大多数人见过各种华丽的金银、玉做的茶器，也见过各种精美的陶瓷、紫砂等茶器，但恐怕谁也没见过这么丑陋的茶器。当今之人更加喜茶重道，而茶道重器，似乎是重礼仪，也重德行，更是重生活的一种形式。而公敢人重的是什么呢？

眼前这样一只有些残缺不全的丑陋茶壶对很多人来说，恐怕早已弃之不用，没想到却成了罗有保老人的传家宝似的。我惊讶于老人说起这只茶壶时脸上溢出的自信与乐观，瞬间收起了对豁了口的茶壶的轻视。对罗有保老人来说，也许这把茶壶就是家族的一段历史，他们几代公敢人的艰苦生活像茶垢一般沉淀在壶身里，而公敢茶泡出的古朴醇香也一年年浸润在这只瓦罐里，这只瓦罐也成为大坪村人心中的自豪与骄傲。上山的途中，大坪村罗支书不止一次跟我提起这只瓦罐，看得出它在老一辈公敢人心中的重量，就像公敢山一般巍峨。

罗有保老人笑呵呵地跟我说，几代人公敢茶的茶香都积在这只茶壶里。我点了点头，仿佛闻见公敢茶由来已久的香味。我来自产茶区，自己又嗜茶如命，略懂一点茶的门道，自然信老人的话。这只有些丑陋的茶壶，见证和积淀着公敢人及公敢茶的历史，展示着岁月的深邃，以及生命的辽阔与远大，它向我无声地倾诉着两百多年来公敢茶人及公敢茶道的故事。

罗有保老人的乐观就像山里清新干净的空气一样，慰贴着人的身心。

山里的老房子极其简陋，这是罗有保老人从小就住惯了的地方。罗有保老人每年回到公敢山的老房都会感到格外亲切，看见公敢山的草木，看见茶树就感到格外亲密，这种亲密感就像织布机，把他的心和日子一同密密麻麻地织进去了。

他们在公敢山活出了一份生命的豁达与从容，也活出了生命的朴实和高度，这也是公敢茶的一种高度，别的再好的茶也永远抵达不了的深度。

公敢茶有自己独有的土法制作方式，土灶上的一口大铁锅是专门用来炒茶的，土灶是茶园里的泥土舂出来的，就像古代士兵行军时搭的土灶。这种土灶低矮，不到两尺高，也是老公敢人用来做饭的灶台。我立在土灶边左看右看，发现这种简陋的土灶虽不好看，但很实用。我忽然间明白过来，这种土灶是公敢人先祖迁徙之路上时常搭的土灶，生火做饭简单，省时省工省力。

我目睹茶的制作过程是这样的：柴火将铁锅烧

土法制茶（韦在梅 摄）

得烫手后，再撒进适量的茶叶，茶叶噼噼啪啪地响着，炒茶人自上而下快速地翻动着茶叶，茶叶炒熟了要立马快速出锅，摊凉一二十分钟再揉捻，揉捻后得用炭火慢慢进行烘烤，烘烤一个晚上就可以收茶。制茶无论哪一步都离不开娴熟的手法及丰富的经验。

这是公敢茶朴素的制作方式，就像他们对待每一棵古茶树一样，总是用最原始的方式对待春天每一片采摘下来的茶叶，对待日子中每一个有幸相逢的生命。

老公敢人的日子离不开茶的滋养，他们的生活还同样离不开竹子。竹子成了他们生活的日常。他们善于就地取材，利用竹子来编织生活的一切。

他们把粗壮的毛竹剖开，用来排成竹墙，做成竹瓦，用竹子编成竹笼、竹篓、竹篮、竹筐，制成竹门、竹床、竹凳……竹子占领着他们在公敢山生活的一切。在公敢，每个人都是竹器方面的能工巧匠，什么竹器都会做，他们用篾刀打开了通向生活中的一切通道。

观公敢山，遍地都是林木，但他们的老房子却很少使用到木头，甚至一栋房子里找不到一根木头，他们只对竹子情有独钟，用竹子搭建起生活的所有。公敢山的茶也离不开公敢山的竹子，竹器也成了最好的茶器。竹篓采茶，从茶园背回家，茶叶杀青后放到竹箕里摊晾，再放进竹筐里烘烤，收茶后，茶叶要放进竹箩里，吊在土灶上方，一天天接受烟熏火燎，这是公敢人朴实的藏茶方式。

我们来公敢山之前，天已下过一场雨，立在竹子做的简陋房子里，再也看不到一滴雨水在屋瓦上流淌，那些镂空的竹檐好看得很，像千百朵花一般嵌在屋檐上，我竟期待一场雨水的到来。天上的雨水落在竹瓦，穿过那些开在屋檐上的花朵，又开出了无数的花朵。也许简单的生活并非一无是处，它一次次点燃了我们心头的诗意和对远方的想象。

当我看到山脚下一处处山坳里遍布的竹林，以及竹林里众多拔地而起的竹笋，我忽然明白了老公敢人在生活中喜欢使用容易腐烂的竹子的原因。一根木头需要十几年、几十年甚至上百年的生长和一代代人的看守爱护，才能长成适用的木材。而春风一吹，遍地的竹子却能拔地而起，迅速生长。

公敢人的先祖从不向公敢山过度索取，也从不向大自然过分奢求，他们一代代人始终遵从着公敢山生命的秩序，一心维持着大山的尊严。

这是人世间对草木和大自然的一份朴素真挚的情怀。

五

在山上，得以品尝公敢山的茶，醇厚、浓密、纯净、朴实，就像一代代简单朴素的公敢人一样。

下山后，到了石川，车子载着我们离开。公敢山就在云雾缭绕的天上，远方朴实动人的风景都在我的深切回望之中。

作者简介

刘月潮，中国作家协会会员。作品发表在《青年文学》《清明》《四川文学》《长江文艺》《延河》《青春》《百花洲》《短篇小说》《散文》《散文百家》等。有作品被《中华文学选刊》《散文选刊》《小说选刊》《杂文选刊》等刊物及各种选本选载。出版小说集《五月桑葚熟了》《罗桑到底说了什么》等。

公敢时光人茶器（节选）
扫码可听

压茶石：被雕刻的时光抑或封印的传奇

马昌华

————一————

大约一百年前，躲避战乱的瑶族罗氏先民，带着家人从桂林永福一路逃进了茫茫群山之中，也不知走了多久，终于来到了地处偏僻、与世隔绝的公敢山上，在这里落脚扎根。后来又有盘氏、陆氏等瑶族人家陆续从外地迁居于此，逐渐形成一个小有规模的高山瑶寨。几大姓氏的瑶家人，彼此团结，相互照顾，日子虽然艰难，却也其乐融融。

瑶家人本喜茶，日日不离茶，而油茶更是他们的最爱。

长年劳作在湿寒高山之上，一餐不喝油茶，便觉浑身乏力，骨头都要散架似的难受，瑶谚云："一餐不喝油茶汤，走路要打机关枪。"便是最形象的写照。

"有吃没吃喝碗油茶。"油茶才是瑶家人真正的精神动力。

瑶家人好客是出了名的，油茶则是必不可少的待客佳品。每有客人到寨，无论谁家亲友，都是全寨人共同的贵客，家家户户都会热情相邀，请客人到自己家里去喝油茶，当然，寨上的人们也少不了前往作陪，一律要从寨头到寨尾，挨家把情意浓酽的油茶喝下去，喝得肚子圆鼓起来才能心满意足。瑶族的待客之道，恐无有出其右者。

日日茶当饭、餐餐打油茶的瑶家生活，自然少不了油茶的灵魂之物——茶叶。

公敢山地势陡峭，环境恶劣，水土流失严重，土地贫瘠，又极度缺乏水源，不具备开垦农田种植稻谷的基本条件，倒是很适合高山茶叶的生长。为了生存，瑶家人便因地制宜，利用资源优势，在山上垦荒种茶，一来满足自家每日所需，二来可以将多余的茶叶拿去卖钱，换取其他的生活必需品。年深月久，竟然在荒凉的公敢山上开出了数百亩的高山茶园，并最终以种茶为主业，维持着整个寨子的繁衍生息。在那个刀耕火种的艰难年代，不得不说是一个令人惊叹的奇迹。

茂盛的公敢高山古茶树树冠高大，饱吸大自然的阳光雨露，养分充足。清明前后，正是采茶制茶的最佳季节，每天早上，人们背着竹篓，灵猴般矫健的身子攀爬在数米高的茶树上，采摘着鲜嫩的新叶，然后回到茶坊，将采摘的茶青加工制作成茶叶成品。那恰到好处的烟火气息，蕴含着别具一格的瑶寨风情，在各地茶叶市场成为备受青睐的佳茗。茶叶的畅销，无疑给艰难中苦苦挣扎的瑶家人带来了生活的希望。

二

公敢山地处岭南边陲，山高林密，原是极不适宜人类生活的苦寒之地，这里的瑶寨人家，因战祸避乱至此，与山外的世界一直处于刻意隔绝的状态，甚至连通向山外的道路都没有。可是，如此封闭的瑶寨，赖以生存的茶叶生产出来之后，要想与外界通商，把茶叶运送到山外的销货地，换取自己的生活所需，没有路如何让自产的茶叶出山入市？

困难难不住勇敢倔强的瑶家人，于是经大家商议，决定组织民众一起修路，家家户户出钱出力，锄挖肩挑，数年的坚持不懈，终于在公敢山南面开辟了一条勉强通行的羊肠小道，这就是至今依稀可寻的公敢茶马古道。

瑶族先民通过这条山间小道，将茶叶挑到修仁、荔浦、桂林甚至更远的地方去卖，换回粮食、盐巴和其他生活必需之物。

公敢茶最初以散茶的形式制作，茶坊的土灶上架起一口敞口大铁锅，灶内的柴火把铁锅烧热，再将松散的茶青倒入锅里，徒手进行翻炒杀青。杀青的过程十分讲究，火力不可过小也不能太猛，必须掌握适度的火候，并确保茶青受热均匀，否则容易出现焦叶，制出的茶叶有了焦煳味，品质就要大打折扣，成为失败的次茶。待到嫩绿的茶青发热变软，冒出一股股热气，赶紧趁热出锅。出锅的茶叶晾上一刻钟左右，使其自然发酵，然后反复地揉捻，使之成型为茶索，揉捻好的茶索放置到灶台，用微微的炭火慢慢烘烤，当烘干的茶叶散发出浓郁的香味时，即可收茶了。上好的公敢茶浓酽醇厚，夹杂一种似有若无的火烟味，只有经验老到的制茶师，才能调得出口感适中恰到好处的火烟味来，成为茶坊制胜的秘籍。

公敢茶的土法制作极其隐秘，为了防止技艺外传，公敢茶的秘制过程，一直保持着神秘，外人从来不允许进入制茶作坊观摩，哪怕是慕名前来购买茶叶的茶商，也一律拒之门外。茶叶制好了，请你到厅中举杯把盏，细细品评，按质论价，自是不在话下。

其实，在土法制茶中，还有一种古老的传统，就是踩茶。茶青炒熟或蒸熟后，置于干净的门板上或木桶内，男人们洗净双脚，开始进入踩茶程序（古时忌讳妇女踩茶，认为那样不洁），用力踩揉茶青，尽量将茶青中的苦水挤出，同时让茶青变成卷卷状的茶索，这个过程相当于捻茶，踩茶的技术非常重要，踩得好的茶，茶水不苦不涩，而且茶索形状均匀好看。

关于踩茶，我倒是有过切身的体验。上小学时，学校有一座茶山，每到采茶季节，劳动课上，全校师生便统一到山上去采茶，茶青采回来，在师傅的指导下炒茶、踩茶，记得当初踩茶用的是四方大禾桶，炒软的茶青倒进禾桶里，还冒着腾腾的热气，几个同学便迫不及待地跳进去，一人一团用双脚踩起来，那时我比其他同学小，没有踩茶的经验，只顾乱用力，结果一不留神，被热气腾腾的茶青烫得直跳起来，结果脚板被烫起一个老大的水泡，只觉得钻心地疼。少年时期的踩茶教训印象深刻，以至于多年以后依然记忆犹新。

三

可是，这样土法制作的散茶在贮存上极不方便，而且存放久了，本身的茶香也容易散失。还有一个困扰的难题，由于散茶体积庞大，在那个交通受限的年代，往山外挑运、销售着实不便。为了解决这个现实问题，瑶族先民在松散毛茶的基础上，开始探索体积小、贮运方便、不易散发茶香与养分的茶饼制作工艺，几经试验，使用压茶石压制的公敢茶饼终于成功问世。

制茶首道工序：炒茶（赖建辉　摄）

在公敢山上，普普通通的石头并不是什么稀罕之物，随处可见，解决生产所需的压茶石，取材倒是十分便利，通过简单的加工就可以使用。勤劳智慧的公敢山瑶族先民，就地取材，用石凿石錾，将一块块形状各异的石头，凿成圆形或方形的压茶石，再精致一点的便做成石磨，压茶石的底部打磨得十分平整光滑，便于压制出形状规整而表面光滑的茶饼来。可以说，压茶石在公敢茶饼的生产中，起到了举足轻重的作用。

烤床上收起干茶叶（赖建辉　摄）

据说，公敢茶饼的制作有"称、置、蒸（炒）、套、捻、定、晾、脱"的要诀。大概的制作过程是：茶青杀青之后，装入特制的布袋，捻成圆形，然后置入固定的模具内，放上压茶石压制片刻，直到茶饼成型。压好的茶饼连同布袋一起排列在茶坊的晾架上，待茶饼完全冷却，解开布袋，取出茶饼坯子。最后将茶饼放置在阳光下晒干，去除水蒸气和多余的水分，再用包棉纸一包，公敢茶饼就做好了。

公敢古法石压茶，饼茶松紧度适中，透气性好，利于自然陈化，也保证了同一饼茶所有位置的茶汤口感一致。

压茶石压制的方向、程序、力道、时间都有特别的讲究，对人的技术、体力等各方面也是严格的考验。操作上细微的区别，都会导致压制出来的茶饼，形状及饼身不同部位的厚度有所不同。压茶石的重量，以及茶品背面模具凹窝的深度、大小、形状都是一门深奥的学问，不是一朝一夕能够揣摩透彻的，需要长期的实践探索，茶品的优劣，在这些细节处都会打上深深的烙印。此外，茶饼的特质除了受到紧压度的影响，还要考虑茶青的选取、杀青制程等因素，任何一项小小的疏忽，都有可能让制出的茶饼，在品质上成为一种无法弥补的遗憾。

四

茶行里有一个约定俗成的规矩：无论什么茶品，它的茶饼或茶砖，都会确定一个统一的重量。这是一种强制性的规制，主要是为方便销售和缴税时计量结算，也是一种智慧的结晶。

茶饼重量的确定有诸多讲究，比如云南的七子饼，就是357克。据说"357"不仅是固定的茶饼重量，更蕴含了寓意深刻的茶道文化。"3"为三才，天、地、人；"5"即五行，金、木、水、火、土；"7"乃少阳，易经之数，为震、为雷、为龙。一个"357"数字，结合了龙阳之气、五行之力、天地人之精华，将博大精深的中国传统文化融于具体的茶叶之中，体现了独特的中国茶道精神、人文关怀和哲学思维，实在令人叹为观止。

关于当年公敢茶饼具体的重量，由于没有现成的实物参考，也找不到太多的文字资料，不得不说是一种"美丽的遗憾"。公敢茶饼的重量究竟如何规定的，是不是也蕴含着瑶家人特有的文化理念与茶道精神？我不得而知，也无可求证。只能徒自黯然出神，任轻飘的思绪天马行空，却不敢擅作任何主观的臆测，我怕误读了美好的公敢茶，更怕亵渎了公敢茶的创造者——纯朴忠厚的瑶族先民的集体智慧。存疑总比伪证好，那就让它成为一个无法破解的悬念，一个揭不开的灵魂谜底，永远封印在苍茫的公敢山吧。

五

仿佛似有天佑，受制于险恶的环境与艰苦的条件，公敢茶园从古至今都处于纯自然生长的状态，却极少遭受病虫害的威胁，依靠自然肥力养在深山，自由成长，这让古老的茶树们，在吸纳天地精华的同时，保持了纯粹的真正的高山原生态，成为挑剔茶客们的杯中最爱。

中华人民共和国成立后，在党和政府的关怀帮助下，公敢山的瑶家人集体搬到了30里外的大坪，在此平地上建立新寨，开启崭新的生活，既有了耕种方便的农田，也免除了每日爬山越岭之苦。

但公敢山作为他们的祖业，仍是他们的山场，山上的古树茶园依然是他们的固有产业。几十年来，他们依旧守护着这片老天恩赐的古树茶园，一代一代地传承着，那是真正的最后一方净土。

公敢山没有因茶园主人的搬迁而背弃初衷，依旧默默奉献着美名传扬的公敢茶，无怨无悔。每年的春天，大坪屯的瑶民便会卷起铺盖，背负粮油及锅碗瓢盆等，仿佛朝圣一般，结队登上阔别已久的祖宗胞衣地——公敢山，在从前留下的破旧棚屋里安顿下来，再次沉浸在过去的时光里，与鸟兽为伴，抛弃所有的尘俗欲念，怀揣一种虔诚、执着，一种朴素的憧憬和筹划，开始对久违的古树茶园进行一年一度的开春护理。他们欢快地挥动着锄头和镰刀，精心清除园中的杂树杂草，好让这些古茶树充分吸纳天地日月精华，长出一茬茬茁壮嫩绿的新茶和一年一度的美好期盼。

清明将至，叶芽葳蕤，瑶民就着手采摘春茶了。从茶园开春护理到春茶采茶制茶结束，他们一般要在公敢山上的"老家"，野人一般与世隔绝地待上将近三个月的时间，待最后一锅茶叶入袋，便收拾好行李，挑着一年的收获，愉快地返回大坪"新家"。

如今，得益于党和政府的富民政策，村村通工程大大改善了山区村民的出行条件。水泥公路不仅修到了大坪屯，也修到了公敢山下不远的横排路屯，人们往来交流十分方便。虽然公敢茶马古道的部分路段仍旧依稀可寻，只是早已不再有人行走于此了。它的存在，只是苦难历史的现场佐证，抑或怀旧寻根的精神依托，并终将随着岁月的侵蚀，湮没于松风苔痕。

公敢山至今没有大路通往山上，似乎也没有这个必要了。现代科技成果的巧妙运用，让茶农们从山上往山下运送茶叶成了"举手之劳"。

早上，新采的茶青装好袋，也不再在山上加工制作，直接往无人机上一挂，要不了几分钟，便从山顶飞到了山下的茶厂，还带着晶莹的露珠呢。在山下的茶厂加工完后，打好包装，用汽车直接拉往各地茶叶市场，省时省力，便捷高效，生产和运输成本也大幅下降，而茶农们的收益则如芝麻开花节节高了。

这在前些年，可还是"天方夜谭"啊。

六

然而，最令我唏嘘的是，如今的公敢茶，却再也寻不见茶饼的影子了，生产的茶叶全部是大袋小袋的松散茶索，即便再高级的包装里，一律都是散茶。

曾经的公敢茶饼，究竟于何时退出了茶叶的历史舞台，这门神秘的制茶绝技于何时被彻底舍弃，没有人能够说得清楚。

或许，在交通发达、经济提速的时代，这也是市场需求与选择使然吧？

此次大坪之行，我原本想通过当地的知情者，寻找已然消失的公敢茶饼神秘的制作工艺，并一睹公敢茶饼制作中必不可少的灵魂之物——压茶石的庐山真面目。

然而，事先约定的接头人，我的采访对象周先生，因为临时有事出远门了，遗憾地扑了个空。也许是冥冥之中的天意安排吧！接待我的大坪村支书，也算是见多识广的"老公敢"了，可是村支书凝重乃至有些疑惑的表情，注定我此行只能空手而归了。关于公敢茶饼的制作，现在恐怕没人能讲得清楚。

我告诉支书，我是专门奔着神秘压茶石而来的，我很想见见传说中神秘的压茶石是个什么样子。或许，通过压茶石，说不定可以对已然消失的公敢茶饼做些有限的探究。

"压茶石？别说你了，我都没见过，我们这些土生土长的大坪人，正经的公敢后裔，也没听说有谁见过呢！"支书的话出乎我的意料。

我又将目光转向在场的其他人，想从他们那里获得不一样的答案，但是，他们一个个把头摇得像拨浪鼓，表示支书的话确实不假。

我还是不死心，以至于在后来的采访中，逢人必扯其衣角，恳求道："你知道压茶石吗？"希望能够得到意外的惊喜。

然而没有。

莫非这里面真有什么误会不成？难道关于公敢压茶石只是个传说？

看来，无论如何，压茶石是真找不着了，或许它就藏匿在某个不为人知的地方，顾影自怜，独自黯然地回味着逝去的辉煌。

得知大坪屯的后山就是当年的公敢茶马古道必经之处，不甘心的我，决定舍而求其次，实地体验一把当年茶马古道的险峻艰辛，幻想着能在当年的茶马古道上有所发现，有所顿悟。

在村支书的引领下，我们在荒废的山间小径上徒步攀登，手脚并用。我们走的这一段山坳叫麻风冲，听名字就有些瘆人。这里古木参天，荫翳蔽日，崖壁陡峭，冷风阵阵，而脚下的路时断时续，往往连一只脚都踩不稳当，稍不注意就会跌下崖坎，不寒而栗之感顿生，想当年公敢山的瑶民肩挑茶叶跋涉其间，百里往返，何其艰难！

小径两旁，林下野生植物种类繁多，大多是我不认识的。

"这是草珊瑚，这是五指毛桃，这是……这些都是极好的药材。"村支书走在前面，一会儿指指这株，一会儿指指那株，如数家珍。

但我的思维，依旧在未能谋面的压茶石上纠缠不清，我甚至怀疑自己，该不会是魔怔了吧?

潺潺的小溪，从远处的公敢山上一路蜿蜒而下，从容笃定。一块块暗红色的石头，温润如玉，或层层叠叠，或独自横卧，静静地枕在窃窃私语的溪水中，被沧桑的岁月无声侵蚀，被无形的时光悄然雕刻，带着公敢山独有的灵气，凝固成一段神秘的传奇，却不自知。石头们沉默不语，彼此默契，温存抚慰，仿佛相互谨守着某个神奇造化的心音密码，抑或被赋予了公敢茶特殊的使命。

见我神志迷离的样子，老支书似乎有些不落忍，一边提醒我小心脚下的路，一边悄悄向我透露说，其实压茶石的事也不完全是空穴来风，当年确曾有某个部门的同志，到公敢山考察，说是拍摄过压茶石的照片，不过谁也没有见到过照片，更未曾有人当面质证过，年深月久，是否真有压茶石的照片，也就成了一个未解的谜。

我莞尔面对小溪中兀自发呆的石头们，突然萌生出一个强烈的愿望来，他日若有机会，我一定要亲自上一趟公敢山，做一番真真切切的"实地考察"。也许，神交已久的压茶石湮没于荆棘丛中，被岁月封印，冥冥之中正在等着我的造访，说不定从此可以挣脱传说的羁绊，再续公敢茶的现代传奇呢。我热切地期盼着！

我随手摘了一片树叶，竟莫名其妙地吹了起来。我想吹一曲《瑶山茶韵》，奈何树叶在我的嘴里不听使唤，只有散落的阳光，透过树梢，映在安静的石头上，伴着唱歌的流水，韵味悠长。

马昌华，中国作家协会会员。作品散见于《山花》《延河》《鸭绿江》《广西文学》《湖南文学》《星火》《红豆》《今古传奇》等。出版有中短篇小说集《南漂者·随风的日子》，长篇小说《橘颂》《加油吧，我的扶贫大主播》《大院风云》。其中《橘颂》入选中国作协 2019 年度定点深入生活扶持项目；《加油吧，我的扶贫大主播》获 2020 年度广西优秀原创文学作品（广西乡村题材重点文学作品）扶持，并入选国家新闻出版署 2021 年度全国农家书屋重点推荐书目；《大院风云》获得 2021 年度广西优秀原创文学作品"建党 100 周年题材重点文学作品"扶持，入围首届今古传奇文学奖。

作○者○简○介

压茶石（节选）
扫码可听

公敢，未经雕琢的璞玉

陆阿勇

如果说鹿寨是柳州市的后花园，那么拉沟乡公敢山就是鹿寨未经雕琢的璞玉。

公敢山位于鹿寨县拉沟乡东北方向。从大坪村大坪屯走路到公敢山，当地瑶民要走三个小时，一般游客要走四个多小时，甚至更长时间。由于环境偏僻，山高林密，甭说异地游客，就连本土民众，公敢山对他们来说仍是一片神秘之境。

四月的一个周末，抓住春天的尾巴，在凉爽的晨风中，我们驱车取道毗邻的荔浦县，开始了公敢探秘之旅。

带队的是大坪村委罗支书，她是此行唯一的女子，三十出头。在徒步穿越丛林攀爬斜坡中，她总是一马当先，常常把我们甩下一段，又站住回头招呼我们加油赶路，让随行的大叔大哥们汗颜。

走了两个小时，终于走出漫长潮湿的山沟小道，开始爬另一座更高的山。走着走着，我们的队伍就散了，像极了打败仗且又累又饿撤退的游兵散勇，个个步履蹒跚，身姿歪斜，喘息粗重。

做事多是拖泥带水的我，果然就成了最后落单的人。下了一山坳，再爬一坡，猛然看见前方一杉木上钉着告示牌，上书"您已进入拉沟自然保护区监控区域，您的所有行动已被监控，请自觉遵守保护区各项管理规定"，落款是"拉沟保护区管理处"，设牌时间是"2022年3月"。我气喘吁吁，又腰迈脚默念告文，莫名地想起了上景阳冈的武松来。武松不顾店小二的劝告，咋咋呼呼喝了十八碗酒，把"三碗不过冈"的告示抛在脑后，踉踉跄跄上冈去，夜里陡遇一只吊睛白额大虫，酒助拳威，遂成享誉几个世纪的打虎英雄。此刻，摸摸袋子空空如也，甭说消暑解乏壮胆的烧酒，就连矿泉水也早已喝光。环顾周遭，树林稠密，几缕阳光艰难地漏了进来，偶尔传来几声野鸡山雀鸣啾，时缓时急。鸟鸣山更幽，四周除了山还是山，树林望不到边际，寂静得瘆人。心想如果此刻，丛林斜刺里蹿出一只大虫，甚至一只野狼、一条"过山风"，我已手无缚鸡之力，定是命丧于此了。

从告示牌上的信息猜测，这应该是"豆蔻年华"般的保护区。不觉就羡慕起保护区的一草一木来。这里的杉木众多，大小不一，小如手臂，大如圆形房柱。在广西乡野，松木、杉树仍是主要水源源头"功臣"。两个成年人环抱不住的巨型松木尚且常见，而杉木生长期更漫长，粗如成人大腿的已然不多。我乡下老家，阁楼房梁就是一根巨大的杉木，一个成人环抱也仅勉强够之，凡所见之人，无不啧啧称赞。这让父亲，乃至于我，脸上光芒闪亮了几十年。那可是汲取上百年日月精华，经山野雾霭缭绕才长成的杉木啊，至今已成我家的压箱宝贝。我曾在父母去世后，爬上二层的木阁楼里，整理他们遗留下来的衣柜、木箱，粮票、年代不明的铜钱银币真找到一些，但这些锈迹斑驳的物什，早已被时代淹没覆盖，乃至抛弃，变得一文不值。倒是一抬头，目光就撞上了头顶上的顶梁柱——巨型杉木，它笔直浑圆，时光和烟火的浸染熏燎，让它泛着灰黑的光芒。祖父那一代，油漆是稀罕之物，农村建房做家具，几乎不用油漆，保持着原木色。我一直纳闷，没有油漆的保护，这杉木如何抵挡岁月与蛇虫的噬咬，如今再思，唯余留对仙逝的至亲的万斛愁念了。

公敢，果真是一块值得探秘的热土。

这一切，得先从公敢山那一大片大坪屯瑶民祖先开垦的老茶场说起。

公敢山是古报尾山余脉，千米之峻，山高雾绕，特别适合种植高山雾茶。

据公敢山瑶民介绍，从他们的祖先定居此山至今，已历经9代人，有500多年历史。在以前没有制茶机器和茶厂时，公敢茶只能原始制作，当天采摘当天炒制。常常是吃过晚饭，就生火炒茶了。先是在一个大型铁锅里翻炒，这是杀青；接着晾晒发酵，再用手搓捻；最后炭火烘干。一番捣鼓下来，不觉东方已白。

在公敢山四周，野生茶树肆意生长，不知有多少亩多少株。仅目前人工管护的，就有200多亩。

公敢山位于荔浦、永福、鹿寨三县交界处，属鸡鸣三县之地，地势宽阔而险峻，人迹罕至。从前公敢山瑶民先祖，为了躲避战乱，拖儿带女，跋山涉水定居在此。伊始，他们通过上游江水，以放竹排、木排的形式，把木材、玉米、芋头等物品运到外头摆卖，再换回必要的生活用品。后来，他们发现居所四周有许多野生茶树，于是，便开始采摘并加以护理，渐渐的，茶林便有了一定规模。走水路毕竟山高水急滩险，稍不留神就可能命丧乱石滩。于是，他们又在公敢山南面开辟了一条从山顶通往山脚的小道，久之便成了如今的茶马古道。彼时，山高路远，在无任何交通工具的情况下，为了能及早返程，他们常常半夜就举着火把，挑着茶叶赶往几十公里外的集镇叫卖，再从集镇上换回油盐酱醋米。公敢山瑶民共有罗、邓、盘、王等姓，由于位置偏僻，生活举步维艰，于是就有朗朗民谣"有女莫嫁公敢村，上岭强于上天门。牛皮缝衣也会烂，铁打肩脖也会崩"流传坊间。尽管如此，公敢瑶民依然顽强不屈，抱团取暖。各姓之间，相互通婚，繁衍后代。

中华人民共和国成立之后，在政府的扶持帮助下，公敢山上的瑶民得以迁移至山脚下一个名叫大坪村大坪屯的地方，历经半个多世纪，如今大坪屯人口已近200人。而在公敢山顶上，仍然保存着一个原始村落，最多时有12户人家。如今，展现在我们眼前的只有8户人家了。所有的房屋都是篱笆红泥墙，房顶多是树皮、油毡或茅草盖之，大门为竹木混制而成。在那一次次吱嘎开门声和一缕缕炊烟笼罩下，几只看家犬四处乱窜，烟火气息扑腾不灭。只是牛马猪鸡羊等日常家畜，却难觅踪影。仔细打听，才知这些仅存的茅草红泥房子，只是公敢山瑶民的临时住所。他们在每年三月份开始上山，对茶林进行护理，对一些低产或濒临死亡的古茶树进行修剪、砍伐，但要保留三四十公分的树根，只要有阳光和雨露，来年这些老茶根就会抽出嫩绿的新芽，再假以时日，就可肆意伸展腰肢，呈蓬勃之势。由于古茶树居多，几十上百年的岁月洗涤，让它们株株腰粗手长，一株古茶树，甚至可同时供两三个成年人攀爬采摘。常年行走在茶马古道的石砾土坷之上，攀爬于茂盛树林之间，上至古稀老人，下至十岁孩童，都练就一身娴熟的攀爬穿梭之功。太阳初现，露珠晶莹，茶树摇曳作响间，一袋袋一篓篓鲜嫩的茶叶，被哼着山歌的瑶民，背回了村子……

在公敢山，不能不说冯文亮。他是这片原始茶林的守护者，也是新旧生产观念和谐相处的践行者，更是高科技、新文明以及瑶民新生活的见证者。

冯文亮每年清明节后，就会随瑶民上山，既参与种茶采茶，又受拉沟乡茶厂的委托，负责收购茶叶，并记账在册。当天采摘的生茶，8元一斤。忙碌20多天左右，谷雨后一周，茶叶采摘、收购工作就算结束了。

谈及收入情况，冯文亮如数家珍：清明后10天，因水分重，新鲜的嫩茶，要6斤生茶才可炒出1斤干茶；谷雨后，5斤左右的生茶，可炒得1斤干茶。干茶可卖50—60元每斤，亩产约20斤干茶，每户年收入1万多元……

无人机的出现，颠覆了瑶民对新时代高科技的认知。为了提高运输效率，拉沟茶厂老板斥资30万元购置一台大型无人机，一次可吊运80斤左右的茶叶。每天日落之际，冯文亮就会把当天收购的茶叶打好包，等无人机一到，就直接吊运至山脚下的大坪屯。无人机来回一趟共花15分钟，直线飞行约3公里。同时，也顺道为村民运输粮油肉蔬，大大改善了山上瑶民的生活。

趁热情的瑶民煮饭之际，我围着村子走了一圈，竟有诸多意外之喜。村子四周，长着许多鱼腥草，川湘一带也叫折耳根。它们不但可以药用，洗净浇上花生油、生抽、蚝油，撒上蒜蓉、红米辣椒，那可是味道绝妙的凉拌菜呢。在重庆弟弟家，重庆籍的弟媳隔三差五就要捣鼓一碗，据悉，小小一扎折耳根，可要二三十元哩。

将无人机运下的茶叶分装（莫限良　摄）

接着发现了鸡爪莲的踪迹，用于泡酒，据说可滋阴壮阳。最后，屋前几丛芭蕉垂吊而下的蕉蕊球，惹得识货的几位兄长连连惊呼，说砍下蕉球掰开，从中掏出蕉蕊，焯水后炒之，是道美味的山珍呢……

公敢山山脚或山坳间的泉水潺潺流淌，在斜陡处还冲成了好看的小飞瀑，流水清澈冰凉。返程时，梁晓阳拿旅行杯灌了一壶，沿途休息时喝上一两口，吧唧着嘴，似在品着陈年佳酿，连赞水的甘醇，说这水似放置在冰箱冰镇过的矿泉水。听罢，我又连咽口水，本想也掬起些许，喝上几口，但因担心娇气的肠胃受不了，只好作罢。平日里，在水龙头洗过的苹果或葡萄，只要上面还挂着些许晶莹的水珠，随手抓吃一个或三五枚，常招致肚子隐痛，重则引发疟疾……"水是好水，不知会不会拉肚？"梁晓阳占了公敢山泉的便宜，还不忘"卖乖"，末了终究还是说出了内心的担忧。事实上，直至翌日中午，梁晓阳都生龙活虎。这山泉水，经住了我们的考验！

翻越返程途中最后一个山坳，先看到了一堵隐藏在山林竹梢下的红墙，再走片刻，大坪村就洗尽铅华跌落眼帘了。不知是谁性急地吼出一句："这回终于可以扔掉拐杖了！"话音甫落，只听唰唰声响，几位兄台已跌坐在小石头上，随手把拐杖丢在草丛中。而本地的摄影师吴哥，却带头感谢手中的拐杖，对它感恩戴德。末了，煞有介事般把拐杖倚放在一棵树根部。最虔诚的要数梁晓阳了，只见它把拐杖倚在草丛中的一株小树上，退后几步，捋一捋被汗水浸湿的头发，把外套脱了挂在路旁的一辆摩托车把手上，露出黑色的短袖T恤，就差吐一口唾沫清洗双手，退后几步，学古人作揖跪拜之状，左右手交叉互甩了两下，接着双手抱拳，对着拐杖说："感谢罗支书之前硬生生塞给我这根竹拐杖，起先我还嫌笨重碍手不想要，如今我却对罗支书心生感激，同时我更感恩你，你简直就是我的第三条腿，如果没有你，估计我走不出这莽莽群山，陡峭峻岭，即使跌跌撞撞走出来，也绝对脱层皮……"一阵微风吹来，众人大呼惬意。然而只听"噗"的一声，梁晓阳倚放不稳的拐杖倒在草丛与石砾间。只见梁晓阳快步上前扶起了它，说："之前感谢你一路的扶持，这次兄弟跌倒我肯定要扶你一把！"梁晓阳环顾四周，最后决定把它汇聚在老吴、老杨倚放拐杖之处，算是"好汉聚义"吧。夕阳透过叶子的缝隙，三根拐杖似乎发出微茫的力量。长此以往，它们或许已成公敢登山之旅第一景，就像星级宾馆门口架子上安详等待避雨旅客光顾的雨伞，让每一个旅人都感受到无微不至的温暖。

莫名地就想到了"竹林七贤"，想到了陶渊明，想到了梭罗，想到了马原、韩少功，以及我熟悉的严风华老师。无数文人墨客，他们或在失意时，或是看破尘世的纷扰与倾轧，或纯粹地喜山爱水，最后选择隐居乡野，行走于山水丛林间，这种生活似乎愈发令我向往。我年过不惑，在不疾不徐的年纪，为何就萌生这般避世之心？我也一直在自嘲中扪心自问，除了对某些喧嚣与纠争看厌之余，真能过惯这种日出而作，日落而息，宁静却又清苦的生活吗？三五天，甚至三五个月尚可捱下，三五年呢，怕是最终会丢盔弃甲，落荒而返吧？事实上，我认识的许多作家或画家，在山野隐居二三年甚至十年之后，等郁结化了，夙愿达成，最终还是离开了曾忠贞不渝、以身相许之地。

与大家聊天时，我说了一件故乡茶事——那里也有一座巍巍"名山"，近几年因梅花而闻名遐迩，建成了名山生态旅游景区，被评为国家 4A 景区，连续举办了近十届梅花登山节。在山腰间也有一片近 200 亩的野生茶树林，每当游客气喘吁吁爬到此处，清风习习，山顶近在眼前，顿觉豁然开朗，旁边肆意生长、高矮不一的茶树，随风摇曳，这一片百年古茶树林，便成了最佳休憩网红打卡地。每年清明前夕，总会有附近村民上山免费采茶，甚至南宁及周边的游客也慕名前来体验，不求采多，只奔一个"野生"，只图一个"趣味"。村民手工制作的野生绿茶，一时间成了香饽饽，甚至可卖二三百元一斤。后来，政府便把茶林承包给了本地村民。新茶主为了高产，索性把所有古茶树砍掉，仅留几十公分树根，美其名曰"老根吐新芽"。再大量施化肥……就在茶林被砍光那一年的梅花节，我带着外地文友登山，眼前光秃秃的茶场，加上树墩旁每隔几米就有一小堆白花花的化肥，我的心顿凉半截。我为故乡的古茶树哭泣，之前曾写过数篇文章在省级报刊上呼吁，以野茶与梅花为荣。如今只怕再多的茶叶产量，也会沦为牲畜饲料之列，让人没了执杯品尝之欲……

两者相比，不禁就歆羡起公敢野生瑶茶的好儿来。

据拉沟乡吕宣委介绍，目前公敢瑶茶正在走高端包装之路。凭借本地茶厂成熟的工艺，辅以精美包装，一定会"山鸡变凤凰"，身价倍增。在创作座谈会上，吕宣委曾给大家品尝了两包公敢野生茶，品之回甘生津，众人皆爱。除了公敢高山雾茶，大坪屯还拥有 10 万亩原始森林，目前正在全力打造各种林业经济，毋庸置疑大坪屯和公敢山的明天是令人无限憧憬的。

从公敢山下山返程时，我一再摸摸口袋，担心落下什么东西。除了手机、相机之类，我找不出能说服自己重返找寻的理由，那一刻似乎归心似箭。的确，这一趟创下了我徒步爬山 7 个小时的纪录，不死也真切脱了一层皮。孰料，返程居家半月，竟梦见自己背着简单行囊，携几本诗书，往公敢山踽踽前来。当然，我肯定是在阳春三月，与种茶的瑶民同时上山，除了体验种茶采茶之趣，大多是迎着朝霞读书，听着飞禽走兽各种鸣啾入梦。

无人机往山下运茶叶（莫限良　摄）

读书累了，接上山泉泡上工夫茶；馋了可弄碗凉拌鱼腥草，再来盘腊肉炒蕉蕊，喝上几杯烧酒；当然还可以钻进竹林折些竹笋。如机缘巧合，遇上新鲜的山鼠洞，也可抢锄挖上片刻，得之我幸，不得坦然。至于粮油肉蔬问题，委托无人机一周运输一次足矣。当然，在无冰箱之下，腊肉香肠是要备上一些为宜……住个三五载不敢说，但与瑶民为邻，隐居数月不成问题。古代文人墨客隐居山林，多因失意落志，或躲避战乱。如今朗朗盛世，再言避世总有矫情之嫌，但"静以修身，俭以养德"，乃人生高境。唯愿隐居半载，归来心清意闲，精神焕发。

公敢山清风徐来，鸟鸣滴翠；公敢瑶茶沉淀时光，舌津生甘；拉沟巍巍群山，林木葳蕤。来过便笃信，这里是穿"金"戴"银"的热土，足以承载您的绿色之梦！

作者简介　**陆阿勇**，本名陆锡勇，广西宾阳人，70后，中国林业生态作家协会会员，广西作家协会会员。作品在《广西文学》《红豆》《小小说选刊》等发表，曾获第五届广西网络文学大赛散文一等奖。

视频·拉沟秘境——公敢瑶茶

茶人茶事

公敢山的孤寂与繁华

廖献红

———

刚采下的新鲜茶青装进蛇皮袋，足有 60 多斤，系在一架无人机的绳索上。随后，无人机从山上一片较为开阔的地方起飞，装着茶青的袋子吊在空中晃晃悠悠，在数百米外的山头盘旋两圈后，向山下俯冲而去。10 多分钟，无人机在山下一个叫大坪的村子上空缓缓下降。一小伙子早已在此等候接应。无人机无需降落，只停留在小伙子能够着的高度。他麻利地从绳索上解下袋子，无人机又迅速升到高空，向山上飞去。空荡荡的绳索在空中甩成"S"形，像条腾空起舞的龙。小小的无人机吊着茶青就这样"翻山越岭"，装吊，起飞，一来一回。吊下山的茶青，没有耽搁，立即运送到炒茶坊，摊开，精选，晒青，晾青。整个过程衔接流畅，一气呵成。

这是四月中旬的一天，是公敢山上的野生古树茶采摘的繁忙时期。茶青就这样燕子衔泥般地被运下山。炒制，包装，贴上"公敢茶"商标，由名不见经传的古树茶，成为精品茶阵系列的红茶和绿茶，飞出大山。

公敢山，位于鹿寨县拉沟乡大坪村，东与荔浦县相连，北与永福县接壤，属亚高寒山区，是鹿寨县最边远的山区乡，素有"小金秀"之称。上千多棵古茶树散落在高山坑涧，方圆足有 400 多亩。最粗壮的树径 70 厘米，树高达 4~5 米。据园林专家考究，树龄已有 300 年以上。全是大坪村罗氏先祖种植的。山上遗留有先祖们安营扎寨之所和烽火台遗迹。从中可推测，罗氏先祖也曾是高门大户，因世事跌宕，招致杀身之祸，躲避到偏安一隅的拉沟，在一处稍为开阔地安营扎寨，后取名大坪村。先祖停下逃亡的脚步后，环视四周，呼吸一下，再深呼吸一下，才发现山谷里空气有一丝丝甜。气候温和、物丰人稀。于是，他们率民除暴、募民垦山、善施教化，并带来了中原的先进生产技术，也带来了茶叶的制作技艺。这一千多棵茶树，想必是在过着神仙般日子时栽下的。高高的公敢山，神殿一般的公敢山，与其说它是罗氏家族往外拓展、自强不息的结晶，不如说是中原茶商勇辟茶路的缩影。

当然，最初采摘一点粗制的茶叶，主要还是自己喝，喝不完的，才用来以物易物，从邻居和邻村人那里换来一点日用品。茶园后来被遗弃了若干年，想必或是家道中落，无力经营，或是因世事动荡，连喝茶的闲暇工夫也一去不复返了。这些茶树便无人修剪打理，就这样在海拔八百米的高山上扎根，长叶，无人问津。

随着子嗣的繁衍，多户家庭从大坪村分支开去。先祖的牌位越垒越高，一层一层地往下走，往下蔓延。每一户外迁的家庭，捧着先祖牌位前的香灰，同样是往外往下，建一处新居，得四方风水，如同一棵老树对外伸展的枝枝丫丫，开枝散叶，再开枝，再散叶，繁衍生息。

刚从公敢山采下的茶青（莫限良　摄）

土改那年，这片古茶树被收归集体所有，种茶、做茶的事虽没有中断，但茶叶的产量并未增加，茶田也未见扩大。改革开放以后，这些古茶树分到大坪村仅剩下的 14 户罗氏后人手上。随着城镇化、工业化的进程，年轻人外出谋生的谋生，定居的定居，加上茶园太远，茶树产出效益太低，无人花费心思打理，就这样被荒废多年，任其自生自灭。想想，800 米的高度，在平路，不够一次轻松的散步，而一旦竖起来，却让人心生胆怯。也正由于茶树长在海拔 800 米的公敢山上，这才免遭人为破坏，得以保存了下来。

直到近 20 年，当"原生态"三字逐渐深入人心，引起人们崇尚时，留守大坪村的罗氏后人们突然醒悟过来，祖宗留下的古茶树的价值是其他茶树不能比的。于是，在秋冬季节，人们又爬上山清除茶树周围杂草野树，百年古茶树再度焕发出青春的光彩。加上公敢山上常有云雾缭绕，茶树可谓饱饮山岚之气，饱沐日月之精，饱得烟霞之爱。这是先天独有的自然条件。每到开春，老树抽出的枝条披张斜生，长出的茶叶形似椭圆，叶缘齿疏，叶肉柔软温厚，饱含了苍天与大地所给予的各种养分。村民们爬上山采摘，肩挑背扛下山。然而，土法粗制的茶叶，每年的收入也仅够补贴一些家用。但公敢茶逐渐被大坪村以外的人所熟知。

二

公敢山虽离县行政中心不到 50 公里，但车子只能到达大坪村，往里走，便是国家原始森林，因不给占用林地修路，至今仍不能通机动车。再往里走，气温更低，像突然进入了一个世外桃源。清明刚过几天，是公敢古树茶采摘的最佳时期，20 多天的采摘期，10 多位留守的村民争分夺秒。这时期的古树茶是最金贵的，四月采摘与五月采摘，口感和价格会有天壤之别。故而有一说法："茶叶是时辰草，早采三天是个宝，迟采三天变成草。"这些古树茶，一年只采春茶，不采秋茶，若要采秋茶，必须施有机肥，一旦施了肥，茶叶的口感就不是这个味了。这也是公敢茶金贵的地方。

所以，等了一年，就指望这金子般的 20 来天。这些年，启用了无人机装运，茶青在运送上节约了时间，采摘的新鲜茶青及时送到厂里，将鲜叶置阴凉干净处，防止风吹日晒、叶温升高，为师傅们后续制茶赢得了时间。公敢茶的品质和口感越发显现出来了。顾客知道茶的生长环境和至今保留着的原生态的种植方式，身价与早些年相比，自然不可同日而语。

初春的阳光和微风，对于闲庭信步的人是享受。而对于在公敢山上采茶的农人，负责操控无人机运送茶青下山的小伙子，包括在山下接应的年轻人，炒茶制茶的师傅，无疑是最紧张和煎熬的。他们既担心无人机不能精准投放，又担心无人机出现故障而影响到茶叶运送下山的时间。气温逐渐升高，他们的额头叠起一道道很深的抬头纹，密集的汗珠汇流成河，落在两道浓眉上。炒茶坊只有 10 多平方米，两台炒茶机正翻炒着茶青，散发着这个春天最浓郁的香气。担任制茶的大师傅是年轻的邓议平。为了抢时间，他已有三天三夜没合过眼。实在熬不住了，便走出炒茶坊，仰头看一会儿天空，看到的是纯净的蓝黑，点缀着钻石般的星星。这一眼，确实管用，像是吸到一口兴奋剂，瞌睡迅速被赶跑，10 多分钟后，他又钻进炒茶坊，又是一阵忙碌。直到将所有的茶青炒完，他才能好好地饱睡一觉。

三

要写公敢茶，邓议平是绕不过的人物。在乡领导的引荐下，我和他坐到茶桌前。听他讲述自己的"茶缘人生"。

1986 年出生的他，初中毕业就跟着父母到广东开粉店，卖寨沙米粉。凭借独特的味道，粉卖得很好，攒了一些积蓄。随着父母年事渐长，他也成了家，有了女儿，一家人在广东谋生，说不上大富大贵，在村里外出务工的人当中，日子也算过得滋润。但广东终究不是自己的家乡。每年春节、清明回鹿寨，看到县里利用旅游资源的辐射效应，整合家乡拉沟周边村屯的山山水水，开办烧烤场、天然氧吧，用旅游这根绳引客进村，激活这一方水土的资源禀赋；看到南来北往的外地人奔着家乡的山水而来，也把他回乡创业的心思激发了起来。父母也想关掉粉店，回乡安度晚年。但回来不能坐吃山空，总得干点什么。小地方，就业的机会少之又少，在外做生意，钱是来得快，但毕竟有种漂泊感。回来的心一天比一天强烈，但又找不到好门路。有一阵子，邓议平很是迷茫。迷茫中，他来到柳州窑埠古镇寻找商机，在古镇转悠了好几回，都想不准干些什么适当。某一天，他走进古镇一家茶叶店，店家很热情招呼他喝茶。在这里，他认识了一位特殊的茶客——根叔。是根叔助他与茶结缘，走上回乡创业之路。

公敢山上的茶树（韦在梅 摄）

根叔对公敢古树茶情有独钟。古茶树生长在原始森林，其外形因自然条件而在审美上也容易出效果。是他率先将公敢山上的茶树认定为"野生茶树"。20多年前，根叔是柳州市农业局技术科科长、高级农艺师，后来被选调到市委组织部工作，参与了农村基层组织建设。2007 年，他被选派到鹿寨县挂任县委常委、副县长、新农村工作队队长。他爱喝茶，且喝出了门道。他来到鹿寨履新后，下乡调研，很快便知道公敢山上有一片野生古茶树，而且这些古茶树非常珍贵。在他的呼吁和奔走下，公敢茶从寂寂无闻，逐渐被茶客们所熟知。遗憾的是村民不注重经营，制茶粗放，每斤只卖 60~80 元，经济效益太低。要知道，与之相距 200 多公里的融水县的汪洞村、三江县的布央村，同品质的古树茶，每斤可卖到 500 元，手工茶甚至卖到了 6000 元，相距甚远，实在是怠慢了这一山数百年的古茶树了。

在乡里找一位有经济头脑的带头人，经营好这片古茶树，做出一款原生态的古树茶来，成了根叔多年的心愿。第一人选是村支书，但村支书年岁稍长，学习现代制茶工艺不如年轻人，缺少启动资金，视野上的局限没能让他放手大干。第二人选是外地人，可外地人觉得路途太远，投入太大，看不到未来便望而却步。寻寻觅觅，直到根叔任职期满调回柳州市政协，又经多年的呼吁和奔走，合适的带头人仍没有出现。万万没想到，10 多年后的今天，根叔在朋友的茶室里结识了邓议平。

"小伙子，来，喝杯茶，在哪发财呀？"根叔问。

"家在鹿寨拉沟，现在广东卖米粉。想回来创业，还未找到合适的口儿。"邓议平抿了一口递过来的茶，直来直去地说出了自己的想法。

"噢，我以前在鹿寨工作过，常去拉沟。拉沟有座公敢山，山上长有一片古茶树……"

说来也是巧，他们喝的茶，正好是根叔从拉沟带去的公敢茶。健谈的根叔和邓议平就这么喝着茶，聊开了。由眼前的茶，聊到山里的古茶树，再聊到创业的路径。人与人的缘分就是这么奇怪，只需在人群中多看几眼，再说几句，能喝上一杯茶最好，缘分就这么结下了。邓议平在广东闯荡多年，遇见过形形色色的人，但这次和根叔偶遇，其结果是，邓议平喝出了回乡创业的路子。他当即做出了一个决定，回家乡经营这片古茶树。很快，在根叔的牵线搭桥下，邓议平回到家乡，到隔壁的大坪村谈承包公敢山上这片 400 多亩的古茶树经营管护，制作和销售。大坪村的罗氏后人也觉得这片祖上留下的茶山，交给隔壁村的邓议平经营管理，是妥的娘给妥开门——妥到家了。

邓议平就这样开启了回乡创业的生涯。作为八〇后返乡创业的优秀代表，市里、县里、乡里给予了他极大的关注和指导。根叔在市政协机关农业农村和资源环境委工作，作为市政协委员专家服务团团长的他，既爱茶，又对茶文化、茶产业、茶科技抱着一腔赤诚与情怀，利用自身的资源优势，让返乡创业的邓议平的一些想法逐个落了地。

第一年，将分散在大坪村 14 户农户手上的茶山连片承包下来，集中经营管理。紧接着，邓议平在根叔的推荐下，被选派到市里开办制茶技术培训班，学习先进地区的制茶经验，做一款具有独特口感的公敢茶。通过学习，邓议平从做茶的懵懂无知到掌握茶叶的制作规程，既保留了传统，也注入了现代工艺。晾青，晒青，摇青，炒青，揉捻，初烘，初包揉，复烘，复包揉，烘干，等等，每一道工序都做得一丝不苟。时间久了，他也训练出了能凭目视、鼻闻、耳听、手触来判断是否达到了工序要求。他更是把公敢茶做得茶香十足，味道甘醇。

四

公敢山之名的来由，我尚未考证。但单从字面上解读，便可看出这山的几分悲壮和勇猛。从航拍图上看，公敢山向着公敢河倾斜，挺拔入云的样子也不免有着婀娜，显出对河的一往情深。看山再看水，不免生出山里的汉子"敢爱敢恨"的遐想来。南方的山，大都是郁郁葱葱的。近者似墨，远处如黛，白云缭绕之间是天工的大笔作画，亿万年的笔墨尽收眼底，历尽沧桑，却又是无限的青春。

300 多岁的古茶树，静默地伫立在公敢山上，静观人间，看似淡定却是经历了无数风雨摧折。茶在波澜起伏的人类进程中，一直扮演着风雅的角色。公敢茶在邓议平的手上，与驰骋茶场的多款名茶一样，在历史演变中，逐渐从无名到有名，从大坪村老百姓的家常饮品，成为风雅人士杯中之物和馈赠的礼品。而对于邓议平来说，茶就是茶，是家乡的馈赠，是安身立命的根本。他做出的茶，也赠送一些给在外生活打拼的罗家后裔，他们在一杯杯公敢茶的芬芳里，一次次品啜故乡的味道。

每年一到采茶季，10多个采茶人便卷起铺盖，挑起粮油进驻公敢山。他们大多是大坪村的留守老人，平均年龄为65岁。他们一个个像身手敏捷的孩子，对于四五米高的茶树，个子长得矮小的需要攀上树采摘。个子长得高挑的，借助身材的优势，能将高出很多人的茶树上的嫩芽一跳一扯来完成。看他们那动作，便知山里人有一身强蛮力气。通常能憋出这么一股力气的人，性格也是粗粝的、勇猛的。他们的每一个指甲都被茶汁浸染成了黑色。拇指、食指和中指，指肚的皮很厚，指纹已经被一道道纵横交错的裂纹代替。手指上仿佛长了眼睛，左手落到叶芽上时，余光已经瞟到右手要落到哪片叶芽上，右手落下时，左手又有了着落。

采茶人的劳务费是按重量计酬，有的人便连老叶带新枝一起采下来，装进袋子称给邓议平。对于老人家的这点小算盘，邓议平很大度，也不过于苛责。他再专门安排人手筛选就是了。整个采茶季，由无人机运送茶青达一万多斤下山，精选出的也不过是八千多斤。邓议平的想法很朴实，采茶人都六七十岁了，还爬上那么高的公敢山上劳作，也不容易，乡里乡亲的，他们想多赚一点工钱，那就让他们多赚一点吧。所以，当看到采茶的老人们将枝枝丫丫一起塞在袋子里，被无人机从山上吊到了山下，邓议平也只是呵呵一笑了之。去掉杂芜，留下精粹，才是人与茶的共同愿望。

邓议平领头做公敢茶后，对采茶人提的要求是，必须采一芽三叶或一芽四叶，茶叶太嫩不行，太老也不行。他对制茶的工艺要求也十分严格。

五

从鹿寨县城进拉沟，途经一座建筑——游客集散中心。在集散中心一侧，支起了一个小超市。游客在这里可以歇歇脚，洗洗手，再到超市里买一些小食品和日用品。商店一角置放有一张宽大的茶台，公敢瑶茶系列——红茶、绿茶，还有产自本土的草珊瑚，成为旅人的伴手礼。经营小超市的是邓议平的妻子，有客人来了，她也会在这里展示公敢茶的茶艺。

邓议平的妻子无疑是与他同心同德的。前几年随他回乡创业，为跟上他的节奏，从不喝茶的她开始学习品茶、泡茶。在根叔的举荐下，她参加了市里茶艺培训班。在结业考试上，她因一举夺得优异的成绩而一"泡"而红。公敢茶也随着她的夺冠而来到更多茶客的面前。这下好了，邓议平做茶，她卖茶。不出几年，熟悉她的朋友发现，她身上有一种在别的女性身上难见的安静和优雅。

与邓议平夫妇边品着茶，边聊着他俩这些年的创业故事。其妻把山泉水添注到放好茶叶的精细瓷杯里，扣上杯盖滤掉第一遍水，再冲上第二遍水，闷泡几十秒钟，然后揭开盖子凑到鼻子前让我闻香，馥郁香气顿时沁入脑后。玻璃杯里的茶汤澄亮金黄、清澈浓香，抿上一口，一股醇酽盖满舌面，既微苦又略回甘，令人清脑醒目，心旷神怡。续水冲泡若干次再饮，茶香仍不减，正所谓"七泡有余香"。即使不谙门道如我之辈，饮毕也觉神清气爽、齿颊留香。

邓议平和我聊起了公敢瑶茶的未来。在县里的支持下，乡里同意将村敬老院旧址租了下来，在那里建设一座标准化的制茶坊。邓议平雄心勃勃，在承包茶园、制茶中，融入了他的理念、品位和个性。根叔已采摘了公敢山上的茶枝，送到贵州农业大学进行 DNA 和营养成分的监测和分析，挑选出上好的茶枝用于嫁接。来年的春天，邓议平将在根叔的指导下，将公敢山上的茶枝剪下来，运到山下嫁接培育，扩大种植规模，提升产量，到时业态也会改造一新。可以想见，公敢山的古茶树在阳光下闪着亮绿的光，一棵棵，一层层，一片片，映出往昔难掩的孤寂。经邓议平这一说，我仿佛又看到不久的将来，嫁接培育出一垄垄公敢茶的繁华。

终于明白，有一种孤寂是繁华上的孤寂，有一种繁华是孤寂中的繁华。老树变成新枝后，茶叶是否还是原来的味道？但扩大经营规模，让经济效益来得更高一些，似乎又是邓议平必走的路径。期待公敢茶在未来的年月里仍温润如初，闪闪发光。

作者简介

廖献红，壮族，广西鹿寨人。中国作家协会会员。有作品发表在《民族文学》《山花》《黄河文学》《青年作家》《广西文学》《南方文学》等，部分作品被《散文·海外版》《散文选刊》《海外文摘》转载。出版散文集《鹿城图谱》、纪实文学《信仰与决裂》《决胜毫厘》、非遗文化专著《侗族大歌》等。

品茶大乐岭

杨仕芳

盛夏七月，鹿寨县文联策划了一次文学创作活动，邀请来自全区的二十多位作家走进鹿寨的乡村城镇，探寻那些被时光或遮掩或遗忘的故事。这是件有意思，也有意义的事。作家们以文学的名义聚在一起，自然既开心又兴奋。作家们领到写作任务后，满脸虔诚地走村串巷，走向那些散落人间的过往，诚然，那是一扇扇通往遥远时光的神秘之门。我的任务是写中渡古镇的钟秀杰和大乐岭茶。我先走访钟秀杰故居，之后才前往大乐岭。

我们从县城出发，车子越过修长的田陌，拐过几座低矮的山丘，目之所及漫山遍野全是郁郁葱葱的速生桉林。车子继续在狭窄的山道穿行，再拐几个弯，在一处豁然开朗的山坳里抵达目地。大乐岭与想象中没有太大差异。这里属于鹿寨中渡镇长盛村，山峦起伏，土地肥沃，草木茂盛，或许长盛村由此得名吧，不得而知。这里没有什么古树，自然也不会有相关的传说，因此此行只能拜访在此种茶的余树朋。他和妻子把房子建在山坳里，并且在此居住多年，山谷里蓄有一潭水池，一群灰色的肥鸭在戏水，房子背后是斜坡，修剪得整整齐齐的茶树往山坡上延展而去，像是电影里的特效镜头。此处远离市区，鸟语花香，可谓宁静致远，倒是休闲好去处。

我们的车子刚在院子里停下，主人余树朋已经在车旁站立等候，他衣着朴素，脚上穿着拖鞋，头上长有不少白发，脸上是那种经烈日暴晒而微红的皱纹，乍一看，误以为是受雇在此种茶的工人，怎么也没能跟传说中那位致富能手的形象相联系。我连忙给他递上几本自己写的书，以此减缓初次见面的生分与尴尬。他双眼竟闪出一丝光亮，两手不自觉地甩了甩，似乎甩掉手上的灰尘，然后热情而礼貌地接过去。

他把我们引进会客厅，那里有两张茶桌，他和妻子各一张，应该是分别接待不同对象所用吧。他在正堂中的那张红木茶桌接待我们，背后整面墙壁是张立柜，摆放着许多全国性茶叶比赛获得的奖杯，其中有两尊奖杯是特等奖。奖杯旁边摆放着不少书籍，有陆羽的《茶经》，有王旭烽的《南方有嘉木》等，大多是与茶相关的书籍。在侧面墙壁上悬挂着一张小白板，似乎毫不经意地随手悬挂在那里，像是上完课没来得及收拾的那种。上面歪歪扭扭写着："人不需要被教育，只需要提醒，得天独厚者当替天行道。"这句话透着禅味和智慧，不知道是他悟出来的，还是从某本书上抄下来的，也不知道为什么要写这么一句话，而且还如此随意地写下来。要是在别处，或许人家早已请来书法家挥笔泼墨，裱好后悬挂在正厅里，以彰显艺术与

桂妃红（大乐岭茶场　供图）

文化之底气。我不由对眼前这个茶人起了兴趣。

"只是写我就没多大意思，要写就跳出茶叶写茶叶。"他边熟练地泡茶边漫不经心地说。果不其然，这话让我暗自吃惊，他并不像以往所遇到的那种浮躁的茶人。他是广东东莞人，20多年前来到广西，是追随他妻子而来，那是一个充满想象空间的爱情故事。"那些小事不值一提，还是说说茶吧。"他没有兴致谈起过往的那些情爱，或者说他的志向早已不在此。在来之前，我原本计划为他量身定制写一篇乡村振兴之类的文章，写他从外乡来到偏远的地方种植创业，克服土地流转、种植、茶制作等种种困难，终于成功带领村民们走上致富之路。这样的人物和事迹，符合当下乡村振兴建设成功范例要求，继而能够树立起榜样作用。我脑子里不由浮出"燕雀安知鸿鹄之志"那句话，不禁在心底嘲笑自己，此时的确只是只燕雀。其妻子身材高大，面善，寡语，却直来直去，像北方人的性格。她给我们准备午餐，还特地杀了一只土鸡。她厨艺很好，做得一桌可口饭菜，却没有跟我们一起吃，自个儿坐在旁边煮茶，自得其乐的模样。

二

余树朋的妻子使我想起母亲煮的茶。母亲和村里的妇人一样，都喜欢煮茶，在侗地，叫打油茶。在儿时的记忆里，每当逢年过节或者村庄里有重要的活动，母亲和其他妇人必会打油茶。她们满脸慈祥，有说有笑，油茶的清香伴随着她们的笑声弥漫在村巷里。母亲用来打油茶的茶是有讲究的。"摘茶也是要看天气的，下雨天不好，晴天有云也不好，这种大晴天才是最好的。"小时候母亲叫我们兄弟几个上山摘茶时说。那时我怀疑母亲的话，觉得她只不过哄骗我们上山干活，只有在晴天里才能摘得多，因为只要天上下雨，我们才不管母亲说什么，扭头就往村庄里跑。多数时候，老天并不懂我们的心思，总是晴空万里艳阳高照，连一朵多余的云都没有，更别说是哗啦啦下雨了，我们不得不老老实实地跟母亲摘茶。母亲带我们上山摘茶，多半选在清明节之前。从山上摘下来的茶，用少量的水炒熟后压缩成饼，或分别用小袋包装保存待用。母亲喜欢叫我们帮忙，而且还要求我们认真细致。母亲说："记住了，凡事都有道理的，就说炒茶吧，杀青过老就有苦味，杀青不到位又有夹味，不是你们看着那么简单的。"我不信母亲的话，觉得她不过是装腔作势，直到长大后才明白母亲的话有道理，不仅是茶叶，人生亦如此。母亲煮茶时，先用温水将干茶泡软、洗净，将锅烧热后放入茶油或猪油，把泡软的茶叶和姜片倒入，并用油茶树做成的木棒击打捶烂，加水烧开加盐第一锅油茶就可以出锅了。第一锅味道稍苦，第二锅稍涩，第三锅味道最好，苦涩味就不会那么重了，而且尽显清香之气。茶水里添加配料，可根据个人喜好放葱花、盐、花生米、米花、麻旦果、馓子等，如果想喝"荤"油茶，还可加入猪大肠、猪肝等配菜，喜欢甜味的就在油茶里放糖。我想为什么叫打油茶而不叫喝油茶，是因为制作过程需要捶打这个程序的缘故吧。诚然，打油茶用的锅大多数是专用的，小而厚实，防止因捶打而烂摊子。

"以前我没有习惯喝茶，现在回想起来，才知道从小时候就已经喝上茶，只不过此茶非彼茶，可细细想来，又都同样是茶，只不过制作方式不同，在我学会喝茶后，才想起这两者是相通的。"

我在余树朋和他妻子面前，坦率承认自己是个后知后觉的人，说得实在点就是愚笨。离开村庄到山外念书、工作和生活后，我很少再喝到母亲打的油茶，不过在印象里油茶过于习以为常，又难登大雅之堂，也便没有太多遗憾和怀念。现在人到中年，却不知不觉中喜欢上茶，此时喝的茶已然不是母亲打的油茶，是冲泡的茶，偶尔也会思考油茶与茶之间的关系与差异，也渐渐地略知皮毛。

"茶嘛，应该分三层，生存，生活，生命，即从技术到艺术再到道的层面，柴米油盐就是技术，琴棋书画就是艺术，最后回到生命本身，那才是茶的精神内核，返璞归真。"

余树朋淡淡地说，这是引导我思索的吧。在此之前，我对茶叶从未如此认真思考过，此时不由恍悟，原来母亲打油茶是天然本能，解决生活最基本的需求。"余总，这话题使我想起'粗茶淡饭'这个词。"我刚说完，他妻子在几米外抢过话头说："对，就是这个词，那是生活最低的需要。"余树朋担心妻子闹笑话似的赶忙接过话，说："要知道粗茶淡饭怎么理解和怎么来，知来路，方可知归途。"

黄庭坚在《四休导士诗序》中写道："粗茶淡饭饱即休，补破遮寒暖即休。三平二满过即休，不贪不妒老即休。"粗茶淡饭吃饱就可以了，衣服破了缝补一番能保暖就可以了，在精神上做到无欲无求，排除私心杂念，保持乐观情绪。"粗茶淡饭"引于此，寓意一种简朴的生活方式，也是一种极高的心理修养的体现，具备这种修养的人往往生性淡泊，不羡慕他人餐桌上的酒肉，享受自己当下粗简的生活，并从平淡简朴的日子里，获得内心的平和与快乐。诚然，母亲和村庄里别的妇人，生活都不过粗茶淡饭，但要说她们在精神上无欲无求，排除私心杂念，保持乐观情绪，难免有些强人所难之嫌。然而，倘若从另一个角度看，她们与生俱来的天性与并不自觉的生活状态，似乎更为接近那种去繁就简的生活本质。

"当知道粗茶淡饭是生活的基本需求，作为文化人应该知道为什么会有这种需求。只要不断地往深处追溯，就会发现其实是一个完整而复杂的文化体系，任何出现并在岁月中存留下来的事物都不是孤立的。"余树朋略带微笑地说。我才意识到司空见惯的打油茶，原来也是个深奥的命题。我慌忙翻阅相关资料，才得知油茶的出现，最早是出于实际生活的需要。晋代傅咸《司隶教》中写道："闻南方有蜀妪作茶粥卖，为廉事打破其器具，后又卖饼于市，而禁茶粥以困蜀妪，何哉？"这是目前发现的关于茶粥最早的文字记载，也与油茶里搭配阴米的喝法相似。唐代陆羽在《茶经》里写道："《广雅》云：'荆巴间采茶作饼，叶老者饼成以米膏出之。欲煮茗饮，先炙令赤色，捣末置瓷器中，以汤浇覆之，用葱、姜、橘子芼之。'"陆羽提到的饮茶方法，与现今油茶的制作方法大致相同。由此推断，油茶大约是在汉代末年就已出现。在我家乡桂北地区，地形复杂，气候湿润，在大米成为主食之前，先辈们长期食用五谷杂粮及肉类食品，不易消化，而油茶就起到了中和的作用，既可以饱腹解渴、提神祛湿，还能很好地调节消化系统，每当出门干活的时候，一碗油茶下肚，再也不会担心犯困挨饿，因此家乡人也称油茶为"爽神汤"。在湿气比较重的西南地区，都有打油茶这样的习俗，经数千年发展，已是西南地区少数民族一种特别的饮茶方式，是人们长期依托于自然和地理环境以及民族文化积淀而成。我终于理解了母亲为何如此迷恋打油茶，那是刻在她骨子里的东西，怎么也刮不掉。事实上，在侗地，祖祖辈辈都种茶树，喝油茶既能养胃又能暖身。

三

关于茶的起源，自然不可避免地谈到唐代陆羽。"'茶'字在唐代才使用，陆羽的《茶经》就用'茶'字。在此之前用的是'荼'。'荼'比'茶'多了'一'。'一'字为横者，衡也，恒也，亦为太极阴阳；又是儒家所说：以'一'贯之，持之以恒，忠于内心的自己；而道家所说的'一生二，二生三，三生万物，人法地，地法天，天法道，道法自然'，'一'即自己的承诺。'茶'字从字面上不难理解，人在草木间，这是天人合一，是自然之道。茶来自草木，因人而获得独特的价值，茶因为陆羽的执着而摆脱了自然的粗野，从而上升到一种精神层面，成为华夏饮食精神的缩影。"余树朋说。我认同他的说法，在此之前，我偶尔翻阅关于茶的书籍，读到"茶"字确实自唐代开始起用，而唐代最为出名的茶者非陆羽无疑。他在《茶经》中将茶的起源归结于神农氏："茶之为饮，发乎神农氏。"当然除了"神农说"，还有"西周说""秦汉说""云南说"等，众说纷纭，却没有更为确切的资料来佐证。可以肯定的是，中国是世界上最早种植茶叶和利用茶叶的国家。在春秋以前，茶叶因其药用价值而受到关注。到秦汉时，茶叶的简单加工已经开始出现，人们将新鲜的茶叶用木棒捣成饼状，再晒干或烘干。汉代辞赋家王褒在《僮约》中就记载了家童须承担买茶、煮茶以及洗涤茶具等工作。三国时期，出现了"以茶代酒"的习俗。魏晋南北朝时期，饮茶之风开始盛行。到唐代，已经开始使用专门的烹茶器具，对于茶和水的选择、烹煮方式及饮茶环境也越来越讲究，逐渐形成茶道。宋代，人们热衷于斗茶。直到明清时期，才逐渐形成今天冲泡式的饮茶方法。

此时在远离市区的山间茶室里，我们安然地品着余树朋冲泡的红茶，茶色橙红，晶莹剔透，宛如窗外纯粹如洗的阳光。我们仿佛置身于草木之中，静观清风浩荡，聆听百鸟争鸣。"说起来，要不是陆羽对茶的执着，要是没有他所著的《茶经》，或许就没有今天的茶文化，我们今天也不可能坐在这里谈天说地。"余树朋边说边换白茶冲泡。白茶制作看起来比红茶工序简单，冲泡后入口醇厚绵长，回味悠长，犹如丝绵那样绵延不断，馥郁浓醇；茶汤细腻柔和，久泡不苦涩，或苦涩味很轻，具有顺滑之感；口感舒适，滋味香醇，且久尝不腻，入喉清凉，让人迷恋。我边品茶边感慨，忽然觉得人的缘分与命运，似乎在千百年前就已注定。"这本书名《无源之水》到底什么意思呢？"余树朋说起我带来的书。没承想他会如此发问，弄得我有些猝不及防。"我是借突然从地下涌出来的水指向生命的源头，生命是没有源头的，但又肯定是有源头的。"我有些心虚地解释，他倒毫不在意地说："天地万物之源即是水，水生万物的嘛。"我越来越赞同他的观点。那些观点总能激发我内心深处的许多记忆。我曾在一篇小说里写道："我忽然意识到，今天的你，是映衬着那些出没在你生命里的影子，而我的影子将会出现在你未来的生命里，反之亦然。我继而意识到，那些影响着我们的影子，他们也是受到他人的影响才呈现出我们所看到的模样，所以我不知道在来到这个世间之前谁是自己，也不知道来到这个世上之后自己是谁。"

我在想，要是没有陆羽，那么现在所看到的许多人，压根就是另外的模样和面孔。我继而想，凡是善茶者，至今似乎都还能听见733年的深秋，从竟陵城郊外传来的婴儿啼哭。那个婴儿生来瘦小，脸上长满"疵"，相貌丑陋不堪，其父母便将他丢弃荒野。那天龙盖寺的智积禅师恰好在湖边散步，忽听得一阵急促的雁叫声，出于好奇便疾步上前察看，发现一群大雁用翅膀守护一个婴儿，画面相当震撼，禅师心中既生怜悯，又感悲愤，于是便将婴儿抱回寺中收养。因他身世悲惨，又颇为传奇，禅师决心把衣钵传给他，开始对他尽心尽力地栽培。婴儿也聪慧了得，才三岁便可识字卜卦，但因脸上长满"疵"，所以寺院的人都叫他"季疵"。待到九岁时，他用《易经》为自己占卜，结果占得"渐"卦，卦辞上说："鸿渐于陆，其羽可用为仪。"意思是：鸿雁飞于天空羽翼翩翩，雁阵齐整，四方皆为通途。他便给自己定姓"陆"名"羽"，字"鸿渐"。此后，智积禅师日日带着他在身边精心传授他佛法，想他将来可以做个得道高僧。可他对佛法并不感兴趣，反而偷偷学习儒家学问，还经常引用儒家思想反驳智积禅师："不孝有三，无后为大，特别像我这样的孤儿，如果皈依佛门，岂不是要做个不孝之人？"一番话把禅师驳得哑口无言。禅师决定磨一磨他的心性，便让他干苦力活儿，如挑水、砍柴等，并且每日必须定时为他沏茶。也正是从那时起，他与茶结下了不解之缘，并且深深地爱上品茶、评茶，开始尝试用不同的方法来沏茶，沏出的茶一次比一次香。以致后来，禅师都离不开他沏的茶。他毕竟还是个孩子，除沏茶外，还得做其他苦力活儿。一段时间后他就受不了了。大约天宝四年（745年），他偷偷地跑了。从此他开始背井离乡，一路东迁，颠沛流离，却始终不忘对茶事的钻研。他在《自传》中描述："身披纱巾短褐，脚着藤鞋，独行野中，深入农家，采茶觅泉，评茶品水，或诵经吟诗，杖击林木，手弄流水，迟疑徘徊，每每至日黑尽兴，大哭而归。"足见他的执着。他用五年完成《茶经》初稿，之后又经历十余年的考察、修改、增补，《茶经》才最终定稿，成为流传至今研究茶的巨作。

四

"喝茶的本质：人与茶对话，这茶生在哪里，长在哪里，怎么制作出来，为什么会让你心情愉悦？只是没听懂它而已。"余树朋又说了一段颇有禅意的话，"在茶的制作中，就是制茶者的生命状态展示，人的性情就是茶的性情。"我越来越认同他的观点。"茶属于中药，油茶便属于中药养生体系，比如杨老师你家乡为什么要打油茶，想必是这种打油茶的养生方式，是适合的，有效的。""每个人都有自己的使命，比如茶者，把茶制作好就是他的使命，如同当年陆羽把《茶经》写好，那就是他的使命。现在，你们是作家，把文章写好就是你们的使命。""大道至简，小道至繁，邪道即玄。""喝茶的原则是，跟自己对话，无自欺也。我想要什么，需要什么，那是必要的吗？""回到道家之法，无话不谈，无话可对。"

这些观点无不唤醒我们对往昔的记忆以及对人生的感慨。余树朋说到激动处，干脆把茶壶放下，拿起一张小白板，像上课般在上面挥笔。他把我们当成诚心学习的学生，可见他内心之善良和宽广，恨不得把多年积累的经验和发现全部传授给他人。"茶是友好交流的使者。"他说。他谈起早在唐宋时期，汉族与多民族地区采用"以茶易马"的形式进行贸易往来，随着经济发展的日渐繁盛，一条联系南北、延续至今的"茶马古道"应运而生，茶叶沿着"茶马古道"成为西南地区不同民族之间文化经济交流的桥梁，也增进了彼此间的情感联系。

"制茶和创作其实是一个道理的，两者间是相通的，最终都是与自己对话，茶是有灵魂的，同样的，文章也是。"余树朋说，"我们要弄清的是，我们喝的茶从哪里来，又将会往哪里去。"

我不禁再次想起陆羽，自从他的《茶经》问世，名气也渐渐增大，成为名噪一时的文人兼茶叶专家。不久，唐皇慕名而召见他，有意留下他在京为官，但他坚辞不就，仍向往周游各地，推广茶艺影响，使茶事大盛。在此后推广茶艺的路途中，还发生过一件事，这件事足以证明他的烹茶技艺已达炉火纯青。据说，在广德年间，御史大夫李季卿巡视江南，他听说陆羽的大名，便召他前去表演茶道。当时陆羽穿着平民服装，李季卿觉得陆羽是一介草民，不以为然，于是问道："此处煮茶，以何处之水为佳？"陆羽回答说："此处乃扬子江南零段，取江心之水煮茶最好！"李季卿当即命军士前往江心取水。不久，军士将水取来。陆羽舀出一勺尝了尝，说道："此不是江心之水，乃江边之水！"军士道："此水确系江心之水！"陆羽也不同他争执，而是将桶里的水倒出一半，又舀一勺尝了尝说道："这才是真正的江心之水！"军士不敢再隐瞒，不得不说出实情。原来，军士的确是在江心取水，船靠岸时，由于滩险浪急，桶中的水溢出，只剩下半桶。军士懒得再去江心，又怕受到责罚，只得就近将江边水舀起来凑满一桶水才回来交差。李季卿问道："先生为何能知道下面半桶水便是江心之水？"陆羽道："江心之水味甘，江边之水味淡，而江心之水比江边之水重沉于底层，在下故将上面一层水倒出。"陆羽以桶底之水煮茶，果然香甜可口，回味无穷。李季卿不觉打心眼里佩服陆羽。之后，茶的品鉴与审美得以广泛传播，也开始有了茶学。茶盛于唐，是陆羽竭力主张饮茶，茶的地位才日益提高，成为有经济价值的商品，致使朝廷要征收茶税，又因文人墨客士大夫饮茶之风日盛，饮茶品茗遂成为中国文化的一个组成部分。

陆羽在《茶经》里写道："茶性俭，不宜广，广则其味黯淡。"大意是："茶这个东西性质比较'俭'，泡茶的时候水不宜多放，如果放多了，味道就会淡薄。"做人做事也一样，要把握一个度，只有把握好这个度，才能将事情做好，做完美。《茶经》里道："其水，用山水上，江水中，井水下。其山水，拣乳泉、石池慢流者上；其瀑涌湍漱，勿食之。"大意是："煮茶用的水，其中以山水为最好，其次就是江水了，井水最差。而选择山水的时候，最好选择乳泉水或者石池漫流而出的水，奔涌湍急的水，最好不要饮用。"用不同的水冲泡茶叶，得出的结果不一样，只有佳茗配美泉，才能体现出茶的真味。

所摘抄的内容均与水有关，而唯有"山水"冲泡之茶才为上佳。现在，人们都拼命地往城市里挤，抛弃了生养他们的土地。在城里的人们泡茶、喝茶，无法取用乡村山涧之水，别说乳泉水了，就连井水泡茶都成为奢侈。要么用充满消毒水味道的自来水，要么用过滤后的直饮水来代替。经数千年历史，茶的制作技艺越来越高，茶品质量也越来越好。所谓好茶易得，好水难求啊，不免甚为遗憾。难怪乎，余树朋和妻子宁愿居住在山间，守得一泓清泉，日茶夜饮，无不痛快。

"大乐岭主打的是桂妃红吧？"

在准备离开时，我才想起来问。余树朋微笑地点头，倒是颇为得意地说："这是主打品牌，在全国茶叶评比中连续两年获金杯。"我们辞别余树朋，车子原路返回，在经过一段田陌时，收到余树朋发来的信息："谢谢你给予我一个愉快的聚会。"我立即回复："很高兴余总给我上了一堂茶叶启蒙课，真可谓'听君一席话，胜读十年书。'"我靠在后排的靠椅上闭目养神，回味着桂妃红的味道，却只记得有股灼炙的热情和执着。

作者简介

杨仕芳，侗族，1977 年出生，广西三江县人。作品在《花城》《山花》《芙蓉》等数十家刊物发表，部分作品被《小说选刊》《小说月报》《新华文摘》等选刊转载，入选多种年度选本。著有《白天黑夜》《而黎明将至》等。曾获《广西文学》优秀作品奖、《民族文学》年度文学奖、广西文艺创作铜鼓奖等。

视频·美丽茶园系列微纪录片
——视·大乐岭

再品大乐岭

杨仕芳

一

再次拜访大乐岭，已是一年后的事了。司机是位驾龄超过二十年的老司机，然而当车子拐进阡陌时，还是迷失了方向，只好下车向路人打听，才得以再次开上通往大乐岭的狭窄路径。道路两旁田间里的稻谷成熟了，在热浪下泛起一阵阵金黄，偶尔见到几位闲农在树荫下歇息，似乎并不急于把沉甸甸的稻谷收进粮仓。漫山遍野的速生桉树在舒缓的山丘上疯长，在谷底或空旷的平地上，到处种着甘蔗和蔬菜，长势茂盛。甘蔗地郁郁葱葱，叶片翠绿而硬朗，在阳光下闪烁着一道道油亮的光泽。车子在狭窄而弯曲的山道上穿行，道路两旁的树木遮住了阳光，仿佛一路护送我们前行，终于又在那片翠绿中抵达终点。

几幢房子依旧安静地站在那里，房子背后斜坡上的茶叶地，修理得整整齐齐。谷底的那潭水池还在，幽然如镜，倒映着岸边的花草树木，山风轻轻拂过，水面立即泛起一片悠悠荡荡的耀眼银光。有好几只灰色的肥鸭缩在阴凉处，用懒懒散散的目光看着水面，似乎想游到水中央嬉戏，却被眼前那片晃荡的银光吓住，望而却步。我不禁有些恍惚起来，想到去年来到此地，也见到池水里游着这么一群鸭，健壮而肥胖，它们不会是同一群鸭吧？这是个不需回答的问题，此鸭非彼鸭，只是它们给予了我相似的心绪，那么它们应该就是同一群肥鸭了。这想法让我哑然失笑，同行的小陈见状，脸上的神情有些发蒙，但我没有解释什么。

此时，茶叶地里没有茶农的身影，整个山坡陷入一片寂静，明亮的阳光贪婪地占据着整个山野。忽然，山谷里传来几声漫不经心的鸟啼，有些突兀，却婉转悠扬，颇为空灵悦耳。它们是在向远道而来的客人打招呼吧？或是它们在对唱情歌寻欢作乐吧？抑或它们只是在炎热的夏日里舒展歌喉？不管怎样，我都能体悟到那几只隐没在树丛里的鸟的喜悦与欢快。古人说："蝉噪林愈静，鸟鸣山更幽。"想必便是眼前的景象。

我们的车子是直接开到院子里的，如果能够把屋前的空地称为院子的话。院子里安安静静，没有人，我们寻访的对象余树朋也没有现身，然而屋子的大门却敞开着，显然是为我们而留的门。我们自顾自地走进门去，会客厅的摆设与去年有了很大的变化，先是撤走会客厅里的一张茶桌，整个空间顿然变得空旷而整洁。留下的那张红木茶桌，也没有摆在去年的那个地方，而是往左边挪动，并把横向改为竖向。我猜不出横摆与竖摆的用意和区别，却能真切地感受到竖摆没有横摆所带来的那种压迫感，使走进会客厅的人更加舒心，或许这亦是主人将茶桌改为竖摆的缘由吧。

靠着正面墙的那张立柜移到两旁，摆放着数十尊大乐岭选送的"桂纪红""佳人醉"等茶品比赛获得的奖杯，多数是特等奖、金奖、一等奖等，奖杯用金色油漆覆盖着，感觉像屋外的阳光般闪耀。架子上找不到以前摆放的《茶经》等与茶相关的书籍，却在架子脚旁搁着几只竹筐，看似随意搁置，实则用心摆弄，既可当空间装饰，又可放置茶品杂物，使会客厅显得整洁而有格调。正面墙上悬挂一幅裱好的书法作品，写着"大乐岭"三字，字迹圆润舒展，入眼醉心，屋里弥漫着一股道不明的气息。或许这就是文化吧，或许又是别的什么，但不管是什么，能让人舒心畅意的必定是好手笔。作品旁有作者落款，我视力不好没能看清，到底出于谁家手笔已不重要。我不禁想起去年写下的《品茶大乐岭》，其间写道："要是在别处，或许人家早已请来书法家挥笔泼墨，裱好后悬挂在正厅里，以彰显艺术与文化之底气。"此时的会客厅里悬挂上裱好的书法作品，不知到底是受到这句话的刺激，还只是一种巧合而已。然而于我来说，这处远离闹市的山谷，却成了我心往之地。并非这里奇峰异险，孤傲瑰丽，让我游目骋怀，不过与南方万千丘陵地带般平常，甚至不为许多人知道，余树朋却将此地打理出别样的风景。

二

没一会儿，余树朋就从门外匆匆走来，风尘仆仆的模样，身着暗紫色唐装，依然穿着朴素，头上的白发似乎比去年多了一些，脸上呈现出因长期暴晒后的暗红，然而整个人却比去年更精神。他边走进来边伸出手与我相握，尽管我们只在去年见过一面，之后也没什么联系，却像多年未见的故友那般随性与熟悉。

他带我到旁边的书房参观，是由之前的厨房连通卫生间改造而成。正面的墙壁上悬挂着孔子画像，下边摆放一张特制的紫色木桌，我认不出到底是不是紫檀木，又不好直接问，那样显得俗气和有失礼数。桌子两端雕着精致的翘角，桌面上摆放着墨宝和毛笔，使整个书桌显得大气而稳重。书房正中间搁着一张大书桌，用灰白色的粗毛毯遮盖，用于书法创作之地，悬挂在客厅里的那幅书法作品，想必就是在这张书桌上创作出来的吧。我想或许许多迷人的人间烟火故事就是在这种无意的空间里产生。"你的书，我放在这儿。"余树朋指着背墙上的书架说。我去年至此拜访，送给他几本书，果然摆放在上边，还有《茶经》之类的书也摆在其间，使书房变得温馨而舒适。"这是你设计布置的？"我随口问，却压住了后半句话，其实我想问他是否懂风水。我并不懂这类玄妙的东西，甚至还怀疑那是混江湖的人士用以蒙骗世人的，当我环视书房感受到一股稳重浓厚的气息时，脑子里竟然毫无预兆地冒出"风水"这个词。如果"风水"之说真的存在，那么让人身心舒畅便应该是好"风水"了，而这间小书房的布置与设计便是。

"我知道你来，不是为了采访，而只是来聊天。"

我们坐在客厅里那张大茶桌旁，余树朋纯熟地泡茶，并不无调侃地说。我知道他在说什么，也知道他为什么会这么说，心间的刻意与拘谨随之烟消云散。是的，他的话说到我的心坎上了，我再次拜访大乐岭，并不是采访他如何制茶，纯粹只是来和他聊天的。

"可是，你有没有想过什么是聊天？"

他微笑地说，似乎随口而出，又像是在刻意追问。我不由愣住了，应该是目瞪口呆的那种，端起的茶杯停在半空中，竟忘了应该往嘴里送。我从没想过这样的问题啊，我自以为是个写作者，居然连这样的问题都忽略了。当我陷入沉思，才猛然发现这个问题暗藏玄机，天与地相比，更加深远，更加玄幻，也更加无所不包，不可穷尽，毫无边界限制可言，因此将人们之间的随性交谈称为"聊天"更符合逻辑。

"中国人以什么为天呢？民以食为天，是吧？这是数百年来人们把能给予人们生存和发展下去的食物当作天，没有食物一切不复存在。换句话，这是人民在生活历史中积累起来的经验教训，是人民对生活和历史的认知。"余树朋微笑着说，"每个人的天是不一样的，都只是由各人对世界的认知来确定天的边界。宇宙是无穷尽的，但人的认知是有限度的，每个人的认知体系就是他自己的生命状态，他认知的边界就是自己的天。所谓的天道无亲，六道轮回等，也都如此。"

我频频点头表示认可与赞许，继而明白许多事情是没道理可讲的，并不是事情本身没有道理，而是人的认知存在偏差与局限。物以类聚人以群分，话不投机半句多，想必这就是根源所在吧。

"你送我的书我都读了，你的前期作品偏阴，后来写大乐岭那篇有了变化，转阳。"余树朋停了停说，"我在读你的书，其实是你在跟我聊天、谈话。"

我相信他说的这句话并没有浮夸之嫌，因为这也是我读书的真切感受。我喜欢在夜深人静时坐在窗前读书，那种时候总觉得那些先贤圣人就坐在我对面，满脸慈悲语气平和地跟我娓娓而谈，耐心地叙说着他们的人生经历与经验，叙说着他们对这个世界的失望与希望，并告诉我无论如何都要热爱这个不完美的世界。我的许多小说就是在他们的引导和启发下写就的。我没想到的是，之前带来的几本书，只是出于礼尚往来，他不仅读了，而且还认真读了，并抓住了作品的心魂。

"你到了跳出来的时候，跳出之前的习惯性思维，就能跳出另一个天地，也就拓宽了自己的边界，拓宽了你的写作的天地，不破不立，当即如此。"他满脸真诚地说，"无论做茶还是写文章，道理是相通的，首先技术层面由艺术审美程度决定，而艺术层面又由道的层面所决定，其三者间相关联，要从生命的信仰看待生存与生活的表现。"

无疑，这是余树朋的肺腑之言，我是完全能够听得出来的。在这荒山野岭里谈论小说，本身已难能可贵，在指出我小说不足的同时，还为我指出一条小说写作的可能出路，实在让我感到意外和感动。

"这和喝茶一个道理嘛，喝茶的本质：首先是人与茶对话，茶里所包含的种种信息是否读懂；其次是与自己对话，能不能跳出自我的禁锢，将决定这个人人生的高度和深度。君子不器，方能与天地对话，达到无话可说无话不说，无话可对无话不对。从另一个角度来看，作品的价值观就是作者本人的人生观，而人生观也将决定作品的高度与深度，所以最终你的天界在哪儿作品就在哪儿。"

我深以为然。最让我感到欣慰的是，他能跟我说这些心里话，足以见得他已把我当成可以交心的友人，唯有友人方可倾吐心里话。于是，我们之间的交谈更加率直和真诚，心间那道无形的藩篱早已消失得无踪无影。

三

我们聊得更加投机，诚然绕不开茶的话题，而我此次前来，最想知道余树朋对陆羽《毁茶论》这本书的看法。去年我到此山中拜访他，听他讲起许多关于茶的知识与故事，激起了我对茶的深入了解。那时他提到过陆羽的《毁茶论》这部书，虽然只是顺口一提，但他脸上呈现出躲闪之意，使我对这部书起了兴致。我回到单位后，立即四处翻找资料，发现这部书早已被销毁，不复存在。

"我知道你会问起《毁茶论》这本书，"他又给我续了杯茶，"这本书的内容是可以推测的，从当时的环境与陆羽的遭遇就能看得出来。"

我端起茶细细品着，泡的是桂妃红茶，色泽乌润，内质

桂妃红礼盒（大乐岭茶场　供图）

汤色红浓剔透，香气扑鼻，有股晨露浸润的清香，入口滋味浓醇，润滑回甘，泛起一股晃动的精神气。屋外阳光灿烂，树叶折射着刺眼的光芒，从地面卷起的热气涌进来。屋里没有装空调，只有一台有些老旧的电扇在转动，并没能吹散热气，但我们都不在意，注意力落在《毁茶论》里。古人云"心静自然凉"应该就是这种状态。

"流传这么一个故事，那时御史大夫李季卿来到江南临淮，见到了常伯熊，这是个对茶也有很深研究的人，常伯熊为李季卿泡茶，边泡边说个不停，介绍着茶名和茶性，煎冲泡饮，李季卿非常满意。没过多久，他又见到了陆羽，陆羽表演了几乎和常伯熊相同的一幕，只是李季卿没有被感动，便让奴子赏了陆羽三十文钱。陆羽在平常里交友名流，一直清高自诩，现在受到如此待遇，让他蒙羞，便写下了《毁茶论》。"

这个故事我是知道的，曾在封演《封氏闻见记》里翻阅到"楚人陆鸿渐为茶论，说茶之功效，并煎茶、炙茶之法，造茶具二十四事，以'都统笼'贮之。远近倾慕，好事者家藏一副。有常伯熊者，又因鸿渐之论润色之，于是茶道大行，王公朝士无不饮者。御史大夫李季卿宣慰江南，至临淮县馆，或言伯熊善茶者，李公为请之。伯熊著黄被衫，乌纱帽，手执茶器，口通

茶名，区分指点，左右刮目。茶熟，李公为啜两杯而止。即到江外，又言鸿渐能茶者，李公复请为之。鸿渐身衣野服，随茶具而入，既坐，教摊如伯熊故事。李公心鄙之。茶毕，命奴子取钱三十文，酬煎茶博士。鸿渐游江介，通狎胜流，及此羞愧，复著《毁茶论》。"

可以看出，李季卿的这一举动，对于久负盛名的陆羽来说，无疑是带有羞辱性质的。这种羞辱对于爱茶如命的陆羽是致命的，是摧毁性的。因为像李季卿这样有身份的人，看重的只是事物的表象，并不是真正懂茶的人，却又由这种人对茶事品头论足。于陆羽而言，他受到羞辱事小，常伯熊之辈挑战他的学说事大，那么他就要和常伯熊之辈进行论战，或许这就是他写作《毁茶论》的真正动机。

"《毁茶论》到底写什么？"

余树朋抬头看了看我，眼里闪出一丝意味深长的神色，说："要想知道陆羽在《毁茶论》这部书里写了什么，就得先弄清楚他为什么写《茶经》，你先来想想，他为什么会给这本书起名叫《茶经》。"他的目光落了下去，又给我续茶，动作自然而友好，浑身散发着茶人特有的气度。我甚至想起《陋室铭》那篇文章，想大乐岭因他在此居住制茶而不同，而他也因大乐岭的自然馈赠变得不一样，他们之间相互衬托与成就。这不就是人与自然原本该有的和谐本质吗？

"茶经，应该就是茶的经典。"我不无心虚地说。我从没认真思考过这个问题，更让我感到心虚和沮丧的是，我从来都不觉得这是个问题。这种消失在眼鼻底下的问题才是不可原谅的问题。我清楚这个问题的答案并非如此，但不回答又显得不礼貌，于是边饮茶边回答，以此遮掩脸上难堪的神色。

"这只是我们今天在字面上读到的意思，并不是当时陆羽写作时的意思。可以从古书里翻找相似的答案，《诗经》《易经》《道德经》《黄帝内经》等，这里所提到的'经'字都有不同的理解，有体现经典的意思，有体现在思想、信仰、道德、行为规范、人文修养上等。而《茶经》的'经'并不是通俗意义上的经典的'经'，也不是经史子集里的'经'，这个按当时的语境来说，应该是'经纪'的'经'，'经纪'就是安排的意思。《茶经》这本书就是写出茶有秩序。'经'的本义是经线，就是我们常说的经纬，指的是经线纬线，经纬自然就是指天地万物的秩序，在古代，特别用来指治理天下。这部书就是写关于茶叶生产历史、源流、现状、生产技术以及饮茶技艺、茶艺原理的综合论著，阐述茶文化的书。"

"陆羽用毕生精力写《茶经》，就因为受辱而毁掉它？这有些说不过去。"

"是的，的确是这样。他不是在毁茶，不要局限在字面上的意思，他看似在吐槽，实则在自我维护，维护他创造出来的茶理论，其思想内涵广泛而深远。"余树朋笑着摇了摇头说，"至于内容，我们可以不用读，只要知道那是对当时社会弊端的批评就够了，就像刀郎的《罗刹海市》所唱出的道理。"

我不禁恍然大悟，接着内心充斥着愧疚。这些年，我渐渐地喜欢上喝茶，其实并不懂得茶。当经济冲击着一切时，许多靠茶生活的人也并不知道"茶为何物"，只不过混在人群里人云亦云，如同刀郎《罗刹海市》这首歌所表达的，反衬这个社会的荒诞与肤浅。我端茶而饮，内心一片温润。

四

一位精神矍铄的老者从门外走进来，是余树朋跟随二十余年的师父。他平易近人，口才好，爱抽烟，还讲了一个关于抽烟的故事：在一次考试中，他实在忍不住，烟瘾犯了，便从口袋里抽出烟，手里没夹着烟，试卷压根写不出来。监考老师看到后就走过来警告他，说考场里禁止喧哗和抽烟。他便举起手里并没点燃的烟，说："我没抽，只是拿，考场没有规定不准拿烟嘛。"监考老师一时语塞。虽然这只是一个笑话，但能看出师父是个行事认真率真而执着的人。果不其然，余树朋拿出收藏几十年的老茶，说："这是师父在三十年前炒的茶，叫龙珠苦丁茶，今天你有福气，师父现在才会喝这款茶的。"我们就边品龙珠苦丁茶边聊天，才得知这款茶在20世纪90年代之后就不再生产了，那么我们是在喝一款后无来者的茶啊。我心里忽然涌起立于山巅目光向远之感，或许这也是喝茶的一种妙处吧。

师父跟我们聊了一会儿就干别的去了。我看时间不早了，也打算起身告辞。余树朋连忙拦住说："再聊几句。"他没等我答应就又泡上一款红茶，他知道我喜欢喝红茶。我每当坐在电脑前打字，总是先泡上一杯红茶，既能提神消疲，生津清热，还有补充营养，稳定血糖等功效，尤其在心绪低落时，喝杯红茶能缓解心绪。

"'一'这个字怎么理解呢？"余树朋给我续上新泡的茶说，"不要识字而不认字。在汉字里，横平竖直皆风骨，一撇一捺即人生啊，这里的'横'就是'一'。一真法界里的'一'指绝对。一画开天地，八卦定乾坤。道生一，一生二，二生三，三生万物，道法自然。'一'这个字蕴含的内容和思想太广泛了。就拿'茶'这个字来说吧，在唐代之前是用'茶'这个字的。'茶'，舒者，舒也，疏通经络。'茶'，上边是'草'，下边是'木'，中间是'人'与'一'，便是天人合一。唐代陆羽写《茶经》时把其中的'一'字去掉，变成今天我们沿用的'茶'。舍去'一'字，便是回归道，回归本原。"

我边品茶边听他对"一"字的阐述，恍然间发现自己是个识字而不认字的人，顿感脸上一阵发烫。还好，我满心愧疚，知耻而后勇。

"'一'字，这一横啊，是'生'的最后一笔，又是'死'的第一笔，从中又能看到什么呢？又能感悟到什么呢？"

这话使我内心一阵悸痛，悲伤的往事涌上心头。我一直不敢面对一年前的那个雪夜，父母亲双双在大雪纷飞中逝去，我的整个世界在那一刻突然崩塌——人生毫无意义。无论努力也罢，懒惰也罢，功成名就也罢，沦落天涯也罢，最后不管贵贱都归于虚无。在很长一段时间里，我都无法走出父母亲逝去留下的阴影与伤痛。半年后，我开车上路无比思念他们，精神也恍惚起来，最终导致发生车祸。我撞断了七根骨头，可谓命悬一线，在医院里躺了一个月。医生说我捡回了一条命，但我却没有劫后余生的感觉。出院后，我才到交警队取事故认定书，警察非要我看车祸现场的视频：机车撞到花圃上，我摔到马路中央，人事不省，像一根被人丢弃的枯木。一辆大货车在我身前急刹，轮胎与地面摩擦腾起一缕青烟，也可能是卷起一阵尘土。司机从驾驶室里跳下来，看了我一眼就掏出手机报警。在之后的许多个夜晚，我都会习惯性地陷入失眠，脑子里不时浮现出摔在马路中央的画面，想要是大货车直接从我身上碾过去，抑或司机视而不见绕道而行，那么我大概早就死在马路上了。即便如此，我也没觉得有什么后怕，有时还觉得如果我就此不再醒来，那么死亡于我也只不过是长眠而已。所以，我对那位报警的司机并没有心存感激，甚至还会责怪他，要不是他报了警，或许我已经在另一个世界与父母亲团聚。

"生死一瞬间，每个人的生命，都有他的意义与使命。"余树朋似乎看穿我的心思，"就说这茶，是需要传承的，师父传承给我，而我将传承给你。"我不由愣在那里，对于茶我只是个门外汉，又能传承什么呢？可他满脸真诚，不像在说谎，也没有理由说谎，难道他在我身上看到了什么？"天雨不润无根之草，佛法不度无缘之人。"他悠然地说。无疑，他又在提醒我，又在鼓励我，还在帮我将顺前方的路径，我的心间春雨降临般渐渐湿润起来。

"你是侗族人，是一个写作者，你有属于你的使命。"

我再次愣在那里。此次到此是来拜访他呀，怎么到头来全变成了对我的警醒？我的确有过放下所有的念头，那无异于逃避与背叛，如同战场上的逃兵般可耻。"只要仔细观察当下这个时代，你会发现整个社会人心思归，比如《八角笼中》《隐入烟尘》，想想是不是都是如此呀。"他所说的我能理解，指的是作品里的"真诚"。我不由恍悟过来，为人做茶写文章不也都是如此吗？"真诚"是最重要的，是最能引起他人共情的核心要素，是怜悯，亦是慈悲。我终于明白了去年在会客厅里看到的那句话："成年人不需要教育，只需要提醒。"我也该醒醒了，不能再在阳光下装睡，否则便是无根之草，无缘之人，即便天雨与佛法也于我无可奈何啊。我真该醒醒了，早该醒醒了，倘若眼前这杯茶因我而存在的话，那么我定然也像它一样因某种事物而存在，比如写作，至少于我来说，唯有写作才能对抗遗忘，才能让父母亲在思念里永远活着。

天色向晚，我们起身告辞，余树朋送我们到路旁，我才发现他脚上依然穿着拖鞋，只不过不是去年的那双。我眼角一阵温热，掏出手机装作打电话，却拨给交警询问那个报警的司机的电话。我该给他打个电话，早该向他真诚地道声谢谢。

作者简介

杨仕芳，侗族，1977年出生，广西三江县人。作品在《花城》《山花》《芙蓉》等数十家刊物发表，部分作品被《小说选刊》《小说月报》《新华文摘》等选刊转载，入选多种年度选本。著有《白天黑夜》《而黎明将至》等。曾获《广西文学》优秀作品奖、《民族文学》年度文学奖、广西文艺创作铜鼓奖等。

再品大乐岭（节选）
扫码可听

一种茶的祖母绿

唐丽妮

—

1978年4月那个雾茫茫的早晨，少年刘月生走在从越南通往中国口岸的路上，怀着一种懵懂的悲壮，一种隐约的奇妙的感觉。那时候，他还不晓得黄冕林场，不晓得板勒分场，更不晓得几年后会有一个茶场专为安置他们而建设，他甚至不知道他们即将落脚哪里。

那时，对于归国的意义，他知之甚少。

那年他还只有13岁，只上过几天不规范的学，有过短暂的私塾经历。

刘月生至今仍清晰地记得，那天他穿着一双用旧轮胎做成的自制胶鞋，紧紧跟在父亲的身边。父亲推着二八自行车，座上坐着5岁的小妹妹，后架驮着行李。母亲牵着大妹走在父亲的另一侧，六哥则跟着母亲。刘月生是家中老七，他的几个已成家的哥哥姐姐跟随他们的新家庭另择日回国。

那一段时期，为了顺应国际形势的变化，大量的越南华侨返回祖居国。回国的队伍一群一群从村口路过，源源不断地向中国的方向行进。村里人起了恐慌，终于也收拾衣物锅碗，带上老人孩子，赶在太阳出来之前，汇入其中。他们大多走路回来，有挑担的，有推单车的，也有拉牛车的，同之前路过村口的人群一模一样。少年刘月生看见灰尘在空中飞舞，前面灰蒙蒙的，后面也灰蒙蒙的。山顶上什么鸟在叫。大人说，路上如果遭到抢劫，一定要大声喊。全村有几百人，孩子夹在中间。刘月生没有感觉到危险。三天三夜之后，他们顺利回到了东兴。

他们被安排到农场或林场，广东、福建、广西等地可以自由选择，父亲选择了广西。这里是父亲年少时生活过的地方。父亲是在战争年代为了逃避抓壮丁，才跑出去的。

一个有阳光的午后，大货车把他们送到了广西黄冕国有林场。那是一个始建于1957年的林场，地处广西中部地区绿茫茫的群山深处。他们被安置到波寨总场。那一段时间，波寨总场共安置了四百多名越南侨胞。

有相同际遇的人相聚，分外亲切。他们一起成为黄冕林场的正式职工或家属，成为林场里一群特殊的人群。他们原来从事着各种行业，有农民，有渔民，也有做生意的，也有做医生的……现在全都拿起了斧子、锯子、弯刀和皮尺，挎上水壶、穿上胶鞋、上山伐木、锯木头、背木头……他们身上秉承着在侨居国时的那种奋进的劳动精神。生长了几十年甚至几百年的高大的树木一棵棵倒下去，发出嘎嘎的崩裂之声，然后轰然倒下。木头被锯得整整齐齐的，一车一车运出林场。一座座茂密的森林变得稀疏，林场领导发起了愁。

波寨总场其实是一个小林场，突然增加四百多名归侨，超出了承受力。

很快，一个消息在越南归侨之间流传，有人说总场为缓解压力，要把归侨们分到各个分场，化整为零。不安、惶恐、紧张的情绪在大人之间弥散。归国路上那挥之不去的灰蒙蒙的尘埃，仍然弥漫在他们深层的意识里。他们感觉前途未卜，心怀恐惧。

那时，面对路上未知的危险，他们相互提醒、抚慰、给予对方力量。

刘月生永远不会忘记，1982年的那个夜晚，借着一点月光，父亲让他跟着到一户人家里去。他看见屋里坐着好些满面愁容的大人。父亲拿出烟袋，抽出烟丝，分给众人。那是父亲自己种、自己晒的烟叶，自己切的烟丝。父亲切的烟丝又细又均匀，整齐有序，一丝不乱，从袋子里扯出来，仍丝丝相连。这种制作粗陋简单的烟丝有一股特殊气味，没有普通草本植物那种轻薄之气，它是浓郁的、深沉的、凝重的，像芭蕉叶包裹的肉粽摁到肚子里那样摁到了少年刘月生的心灵深处。屋子里，烟头明明灭灭。那户人家的男主人终于匆匆赶回，脸上带着笑。

"同意了，同意了。我们不用分到其他林场了。"他兴奋地说，"领导说我们可以在波寨这里搞一个茶场。"他接着说。

他说，茶场是劳动密集型的，更赚钱，比伐木更好。于是，大家七嘴八舌地商议起来，谁懂种茶，茶怎么种，在哪里种好……他们黯淡的眼里，又闪出了晶亮的光。

回家的路上，父亲的脚步是轻松的，心情是愉悦的，刘月生感受到了。父亲母亲因年龄问题，没能成为林场正式职工，没有退休金。但他们可以在林场开荒种田种菜，养猪养鸡鸭，他们还酿酒。林场每月还发给他们每人15元补贴，每周林场杀猪分猪肉，全家人分到的猪肉跟正式职工家庭一样多。如果离开这里，他们一家还能享有这样的待遇吗？即使有，别的分场的人会同样接纳他们吗？这大概就是父亲的思想包袱吧。好了，不用担心了。他小小的心雀跃了一下。

这一年，刘月生17岁了，作为一名小学五年级的小学生，无论是生

板勒茶场（廖秀梅　摄）

理上，还是思想上，他都介于成年人与未成年人之间。他不晓得父亲带他来的目的，但他感受到了某种模糊的情感在心中游动着，类似烟丝被父亲从烟袋里抽出时散发的那种特殊的深沉的气味，类似那种吞咽芭蕉叶肉粽般的凝重的感觉。夜里，躺在床上，为着这些奇特的感受，他久久未能入眠。

然而，种茶计划没能在波寨总场实现，移到了板勒分场，因为板勒分场山高谷深，早晚雾气缭绕，更适合种植高山茶。

"这没什么，关键是在一起。"大人们说。

就这样，400多人一起迁到了板勒分场，陆续开垦了两千多亩茶地。他们开荒、种茶、采茶、制茶，结婚生子，走亲访友，看电影，赶圩场，有时吵吵架，有时去看看病……后来，有人投亲而去，有人远渡重洋出国谋求其他出路，但大多数留了下来。一些老人老了，便长眠于此。留下来的人创造了一种奇特的生活，在祖居国群山的深处，执拗地说着侨居时的语言，包粽子要用芭蕉叶，煮菜香料习惯用薄荷……对于曾经的侨居国，他们怀着一种复杂微妙、难以言说的特殊情感。

在这里，刘月生度过了他人生最重要的一段时光。

当刘月生平静地向我讲述这一切时，时间已过去了40多年，他也已年近60。

二

此时是5月的一个上午，明亮的阳光金子般从天上洒下。我们坐在茶园木制的观光步梯上，刘月生凝望着对面的山林，陷入了绵长的回忆。

如果不是父亲母亲脸上的皱纹如裸露的岩层那般层层堆叠了起来，他不会觉得时间过得这么快。他13岁回国后才上小学一年级，21岁考上柳州地区高中。那几年，他沉浸于书本，就像鱼回到了海里。他就读的高中是柳州地区高中学校中的塔尖尖。如果不出意外，高考之后，他一定会收到一张大学的录取通知书，老师们都这么认为。

然而，父母老了，疾病缠身，已无法支撑门楣。在一个初醒的清晨，责任感突如其来。他终于下定了放弃高考的决心。获得高中毕业证之后，他背起被褥衣物，回茶场。

1989年2月，离高考还有5个月的时间。这一年，他24岁。

很快，他成为板勒茶场的一名勤杂工。每天跟着老职工们学习除草、采茶、修剪、灌溉、施肥、除虫等最基础的茶管理工作。那时候，他不知道命运之神已经来到了他的身边，但他清晰地感觉到了照顾家人的责任。那时，六哥早已组建了小家庭单门另过，家里有年迈的双亲，有两个未长成的妹妹，他是他们唯一可依傍的人。

"如果我那时去读大学，那这个家怎么办？"他说。

1990年3月，他以闪婚的速度娶回了一个壮实而勤快的当地农村姑娘为妻。1991年，他以场长助理的身份到广西农垦职工大学攻读茶叶专业。1994年学成归来，29岁的他晋升为副场长，负责管理茶园。

从此，他的生命真正地走向了板勒茶场的深处。走茶地，是他每天必须做的工作，就如同起床刷牙洗脸一般，不走那一趟，他就感觉浑身不舒服，成天昏沉沉的。

"你管茶地，茶地就是你的办公室。"他说。

清晨，茶山上起了雾，茶的香凝在雾里。采茶人腰挂竹篓，在茶地里分散采茶，与雾中模糊的人影扯闲话。他们仍然保持着在越南生活时那种劳动的精神，仍然持有那种直而有力的语调，一字一句认真地吐字，像锄地种花生似的。常常，刘月生心里会浮起父亲的烟丝焕发的那种深沉而凝重的情感。这情感雾气一般包裹着他，萦绕着他。在南宁读大学的那几年，他处身于另一个环境，同学们来自不同的地方，说话带着不同的口音，谁是哪里人是隐藏不住的，一张口便昭然若揭。

板勒茶场，越南归侨，是属于他的标志，就刻在他吐出的每一个音节里。

一个山头接一个山头，每一寸茶地他都是要走一走的。采茶的人看见他从远远的雾中钻出来，又钻到远远的雾中去。细细的小水珠凝在粗硬的短发尖上，在微红的阳光里闪着光，像戴了满头晶莹的小珍珠。

"昨天采了几斤茶青？"

"腰上的老风湿好些了没有？"

"孩子上学了没？"

"老人夜里还咳不咳？"他问采茶人。他喜欢操心这些琐碎的事，他想了解这一切。当他这样做时，他内心踏实、宁静，仿佛已融化在雾里，融化在这湿漉漉的茶色里。他沉浸于这种茶的绿，当阳光从天上洒下来时，茶叶会闪出似黄似蓝的光，饱和丰润，给人安宁、深切之感，那是祖母绿的颜色。

就这样，他一步步走进中年，走进了人生最重要的那个阶段。

刘月生学成归来后，提出了茶园新规划。原先，这里的茶地是零散的、连不成片的，就像一块一块秧田似的散落在山坡上，树林间。从一块茶地到另一块茶地，往往要穿过藤蔓缠绕、杂草丛生的树林，劳作很不方便，也不好管理。他提出，茶地应连成片，形成规模，统一施肥，统一除草，统一规划采摘，统筹茶加工和茶销售。他的建议得到了老场长的赞赏和支持。

那些年，他们把阻隔茶园发展的一些树林陆续砍去，开辟更多的荒地，种上从云南引进的优质矮化茶树。零散的茶地被连接起来，小块连成大块，大块连成大片，一大片又跟另一大片相连相接。一眼望去，绿色的茶地连绵起伏，一个茶山连着一个茶山。最多的时候，茶园有两千多亩矮化茶地。以茶代林，让一种绿，代替另一种绿；让视野变得开阔，让蓝天白云一览无余……他的心中所愿，像美好生活的图画，一幅幅展现在眼前。

其间，发生了一件惊险之事——"梅县人事件"。

事情发生的时候，他刚从农垦大学回来没多久。某天，一个西装革履的陌生人从茫茫林海中突然钻出来，茶场里的人全都为之一惊。没人知道他是怎么来的。那时，桂柳高速公路虽已通车，但全广西也就仅此一条。

板勒茶场（黄冕林场　供图）

通往板勒分场的泥巴路狭小而隐秘，茶场职工的亲戚第一次来，是要到路口或者黄冕镇上迎接带路的。茶场人很少外出，非要购物时，他们会从一条隐秘的山路走到一个隐秘的小火车站，坐绿皮火车到镇上或县上的圩场采买。

"我是梅县的，从柳城华侨农场来的。昨天我在那里。"梅县人主动介绍。

茶场人嫣然一笑。柳城华侨农场也有一群越南归侨，际遇跟他们相同。两个单位相隔不远，两群人也走得很近。他们之间有联姻，有朋友，是亲人般的关系。既然梅县人是那边人介绍来的，那必是可靠的，何况他的谈吐又是那样潇洒不俗。他告诉他们许多外面的新鲜事，说外面的种种繁华，说路，说桥梁，说东莞遍布工厂，说广州是一座灯火通明的不夜城。他说，广东人爱喝茶，喝了茶，24小时不用睡觉。茶场人是知道广东人爱喝茶的，他们的茶叶主要就是销往广东和福建的农村市场。梅县人说他要跟茶场做一笔大生意。板勒茶场从计划经济走来，茶叶销路有较为固定的去向，收购单位会在年初发来订购意向，又会因经营问题而取消或减少订单，但茶场的茶叶种出来了，是不能留的，因此虽是计划商品，茶场人也要四处推销，历尽艰辛。如今梅县老板把生意送上门来了，茶场人怎能不殷勤接待呢？他说要到各个地方去看看，就都去看看。

"嗯，不错，有板栗香。"他在老场长办公室品茶。

"嗯，不错，花生麸沤的肥吧？"他到山上看茶地。

他还看了茶厂，杀青、揉捻、烘干、包装，对各个环节甚是满意，当即就订了一车茶。他说试试水，卖得好，再加单。这个人跟之前茶场人熟悉的广东茶老板不同。之前的广东茶老板跟茶场人很像，简朴的衣裤，干枯的短发，脸黑而嘴拙，他们同样是种田人，只不过是兼做茶叶生意。这个来自梅县的老板大概四五十岁，头发梳得溜光，皮鞋也擦得溜光，一看就是来头不小，就是专门做生意的那种人。

机不可失，时不再来。老场长马上安排刘月生跟一名老职工同去送茶。

那天一大早，装满茶叶的大卡车就轰轰地从茶场出发了。那是刘月生第一次出远门，责任重大。梅县人说，如果这茶卖得好，以后就长期跟他们要货。当晚，他们在梧州住了一夜，第二天一早就又启程，黄昏才赶到。梅县人在指定的地点等他们。卸货卸到一半，梅县人突然叫他们不要卸了。

"吃饭，吃饭，我请客。"梅县人大声招呼。

"不了，不了，卸完货再吃。"老职工说。

"先吃。先吃再卸。都坐一天车了。"梅县人攀刘月生肩膀，推他走。

"我们带了粽子。"刘月生礼貌拒绝。

最后，梅县人独自走了，许久未返。所有茶叶卸完了，仍然不见他的踪影。天色逐渐暗下来，周围的房屋树木变得模糊，面目狰狞。

"不会是骗子吧？"刘月生心里有些慌，看着老职工。

老职工经常跑茶叶销售，见多识广，他卷一筒烟丝，眯眼盯着梅县人消失的茫茫路口，猛吸几口，突然往车厢上扔茶叶。

"快，装茶。快走！"老职工说。

大货车仓皇地逃离梅县，刘月生警惕地盯着前方的每一道转弯，每一片树林，提防突然滚出大石头，突然冲出一群拿棍子的人。老职工说："如果跟梅县人去吃晚饭了，大货车在不在不知道，但茶叶肯定一片也找不回了。"出发前，老场长反复叮嘱："人货不能分离，除非你拿到了货款。"原来老场长早对梅县人存着几分戒心，他不太相信"天上掉馅饼"这种好事，但他相信一个年轻人是值得去考验的，值得去冒险的。

刘月生想起，他们离开茶场时，老场长粗大的手掌在他肩膀上用力压了压，然后站在路边目送他们离开。后视镜里，他注意到了老场长注视着他的两道长长的目光。逃离中，他在后视镜里仿佛又看到了老场长那两道注视的目光。

三

他忘不了那一场大干旱。从 1998 年夏秋开始，持续了将近一年时间。

秋天没有一滴雨。

冬天没有一滴雨。

1999 年春天也到了，天空还是明晃晃的，没有云，没有雨，田地无法耕种。人们从田里走过，鞋子被卡在粗大的裂缝里。两千多亩茶地长不出一叶新芽，冬天的深绿仍然停留在春天的茶树上。

地是土黄的，草是枯黄的，而茶地是绿的——深绿。

刘月生依然天天走茶地，走着走着，眼前突然冒出一片嫩黄——他不敢眨眼睛，因为他知道，眼皮一动，幻景即刻消失。老场长安排他负责茶园，就是要他按季节拿出茶青来。可这个春天他连一片叶子也交不出。山下的茶厂静得可怕，没有职工，没有炉火，就连门口收茶青的磅秤也消失不见了。

春茶、夏茶、秋茶，茶可收三季。看起来，如果收不到春茶，损失的只是三分之一，其实不然。种茶人都晓得，春茶是茶场最主要的收入，茶叶贵就贵在"春"字，而且要早春，越早越贵。每年的头茬春芽，那几毫米的芽尖尖，小心地摘下来，用手工制成头等茶，整个茶场两千多亩茶地每年只能产出两百多斤，每斤一千五百元。第二茬是碧螺春，一芽一叶，每年也只有四五百斤，每斤一千元左右。接下来是毛尖、毫锋，然后才是清明茶、谷雨茶，茶芽越采越长，产量依次递增，价格依次递减。最后是春茶尾和夏秋茶，都属于云茶，中低档茶，茶芽可采到七八公分长，全机器制作，产量最大，每年可产几千斤，价格只有二三十元。往年春茶可以收两万多斤干茶，至少可得六十万元，是一年中的大部分收入。

怎么办？雨总是下不来。淡淡的乌云飘过来，转眼又随风散去。

他坐在茶地里，嘴唇干裂，翘起白皮。摘一片茶叶，嚼一嚼，干的，硬的。继续嚼，浓稠的汁液艰难地顽强地一点点渗出来。苦，涩，有一种别样的滋味。嚼一嚼，情绪似乎能得到缓释。他又摘了一大把，茶汁从嘴角溢出来，老茶叶竟还能有深绿的茶汁溢出。他焦虑的同时，心底深处又托着几丝安宁。这深绿一直在，没有枯死，就意味着雨水一到，茶树马上即可发新芽。这托底的安宁感类似家对于一个人的意义。一个人，无论在外面遭遇怎样的挫折，只要家里是宁静的，他就能得到抚慰，就不会完全陷入绝望。只待新的时机到来，他马上可以重新开始。

"雨总会有落下来的那一天的。"他想。

"操心化肥，操心农药，操心职工的情绪吧。"他告诉自己。

那年，春茶只收得了三十多斤干茶。后来下了雨，夏茶丰收，但夏茶价格低，总共只得十几万收入，解决不了实际问题。板勒茶场向总场贷款二十万元，以维持茶场的基本运营，同时缩减管理人员的工资，想各种办法去节省支出，齐心协力共渡难关。

后来，又发生了一起虫害事件，也差点酿成灾害事故。一次刘月生出差归来，忽然发现整齐划一的茶地竟然秃了一块，就仿佛一个人头上突然出现一片秃斑。他跑过去，发现那片茶地里爬满了褐色的油桐尺蠖。一条条手指粗大的虫子已把那一块茶地的叶子啃光了，正在疯狂地啃食树皮。其实，在出差之前，他已在这里发现了一些头发丝般细小的幼虫在地上蠕动，他以为出差回来再处理会来得及。谁想到会发展得这么迅猛呢？这虫子疯狂进食，疯狂生长，五六天工夫就这么大了。好在处理得当，没有泛滥成灾。其实每年都会有好多次类似的幼虫出现，但他总能及时发现，没等幼虫长大，就把它们灭掉了。他负责管理茶园将近二十年，也就发生了这一起虫害事件。防虫害，是茶场的一项非常重要的工作。稍有疏忽，一夜间啃光一个山头的事情也是会发生的。据说，附近的柳城华侨农场在1974至1975年初夏，就爆发了一场油桐尺蠖灾害，一夜间茶地爬满虫子。仅一天的工夫，就捉了四吨之多的虫子，可以装满一辆解放牌卡车。令人闻之色变。这样的茶虫一夜成灾的危害，是悬在刘月生头上的一把剑。

"我的应对方法就是，细心观察，早发现，早处理，长期坚持。"他说，"我天天走茶地，看的就是这些虫、草、茶。"

讲起来很简单，做起来极其单调枯燥，很容易形成麻痹心理。一松懈，就会出事。但茶场工作就是这样，大多数的时候，不旱不涝，茶场的工作无非就是茶园护理：沤肥、施肥、杀虫、除草、采茶、制茶、卖茶。尤其是采茶，下的就是苦功夫。同时，还要克服麻痹和侥幸心理，要把防病防虫的行为变成下意识的行为。在这方面，刘月生是专家。

日复一日，年复一年，茶叶循环生长着，归侨们一年年平静地生活着。

这里的气候高温高湿，茶叶长势飞快，比浙江地区的茶早一个月采摘。而且这种林中茶场，生态好，肥料又是用花生麸沤的有机肥，茶叶的内质特别好，有一股类似板栗的香味。因此，那些年，大量的浙江客商来这里收购茶青。浙江客商收购他们的茶叶，打上自家的商标，品牌远扬，卖到香港去。而板勒茶场比较闭塞，感知不到时代的变化。等他们意识到十几年来其实是为他人做"嫁衣裳"时，惨痛现实已无法挽回，错失了打响自己品牌的良机。另外，2006年之后，随着交通不断发展，云南的茶叶不断被运送到广东，以更低的价格去抢占广东市场。

茶场的经营日渐艰难，开始谋求改革。在这种情况下，刘月生被任命为板勒分场场长兼茶厂厂长。这一年是2008年。他除了管茶业，还要管林业。茶地只有两千亩，而林地有三万多亩，压力倍增。同时，那些一路同甘共苦走过来的老归侨已陆续退休，他们的后代向往外面的繁华世界，纷纷外出求学、打工。他们不需要依赖茶场也能生活得很好，甚至过得更好，甚至把父辈也带离了茶场，到城里去生活。

仿佛转眼间，当初那四百多老老少少的归侨，雀儿似的飞走了。他们如水滴融入了大海，融入繁华的都市去了。这在十几年前是无法想象的，那时他们想的是，儿女们跟他们一样，继续以一个特殊的群体在这个与世无争的密林中祖祖辈辈地生活下去。

时代的发展改变了他们的生活，也改变了他们的人生，这是好事。

刘月生再走茶地，跟新的采茶人聊天，聊的还是家常话，听到的不再是一字一字吐出的锄地种花生似的乡音。他的心情有些复杂，突然感觉到身心疲惫，就好像刚刚完成了一场长途跋涉。

事实上，他的确感到了茫然，目的地抵达后的那种短暂的迷茫。

2012 年，有一段时间，他夜里总睡不着，翻来覆去，就像热锅里的茶叶被一双手不停地翻炒。其实，多年来，他一直感觉有一把无形的火在炙烤着他，在逼出他生命里的香，如烟，如茶。一天，茶场下了一场很大的雨，雨后的夜晚出奇地清凉和宁静，久违的困意冲上来，他倒头就睡，睡得出奇地香。他醒来后，脑袋也出奇地清醒，身体也出奇地舒展，就仿佛杯子里刚刚被泡开的茶叶。也就是在这一瞬间，他脑子里像开了一个洞似的，突然明白了自己身处何境，该何去何从。

很快，他向总场提出了离岗退养的申请。

这一年，他刚刚 47 岁。

因为这件事，板勒分场在很长时间里都流传着刘月生主动"让贤"的故事。

"时代变了，林场和茶场都需要改革，让年轻人上吧。我只做我能做的我该做的。不能做不该做的，硬去做，会出大事的。"他说，"我这个人，只属于归侨时代的那个茶场。"

在合适的时代，做合适的事。刘月生做到了。当然，这是我们看得见的那一层意义。

或许，在我们看不见的层面上，在生命的根源上，每个人都肩负着一个最原始的使命，只是大多数人穷其一生也找不到。刘月生年少时历经的那些遭遇，吃过的那些苦，遇到的那些人，成就了那个阶段的他。在那特殊历史时期的特殊国际环境下，年仅 13 岁的他把轮胎做的简易胶鞋绑在脚上，跟随村人走上归国的旅途，谁能确定他的终点仅仅是踏上祖居国的土地呢？或许，他真正要抵达的就是完成一场接力赛，把茶场里 400 多归侨护送到这个大发展的时代，真正地融入祖国的怀抱呢？

刘月生离岗退养后，茶地丢荒严重，最少时所剩不到一半。现任板勒分场副场长秦明星说："早些年，因为人手和资金问题，茶管理比较粗放。近几年我们正在逐步恢复茶地面积，同时继续发挥'林中茶'的优势，以林养茶，发展生态茶产业。比如，计划恢复传统的种茶方式，恢复花生麸沤肥。"他说，"茶场是归侨留下来的，具有特殊的意义，肯定要保留。这也是对历史的尊重，对茶场归侨们的尊重。"

如今刘月生与妻子仍然居住在茶场宿舍，他每天骑着摩托车在森林的山道里飞驰，在清风、鸟鸣、林嶂中穿行，他喜欢这样的生活。

有时，他也会到茶地转一转，凝望着那些在阳光下闪闪发光的绿，回想过去的岁月。此刻，他领着我走在这一片茶色的绿里，平静地讲述那些年的故事。他离岗退养已超 10 年，58 岁，相貌端正，中等身材，偏瘦，轮廓柔中带刚，穿一件简洁干净的杏黄色夹克，眼里有光。

我想说，凝重、质朴、劳动的精神，依然是他的特质。

作者简介 **唐丽妮**，生于广西岑溪，居柳州。中国作家协会会员。柳州市签约作家。作品发表于《山花》《北京文学》《青年文学》《广西文学》《儿童文学》等刊物，出版小说集《那年花事》。

往东走是和尚岗

赖建辉

———

我小时候曾看到母亲从灶房墙上取下烟熏火燎的吊篮，从里面拿出一个被熏黑的纸包，粗糙的手将纸包层层剥开，我才看清楚那熏黑的纸包，里面纸的颜色是黄的。母亲从黄纸包里拿出一小撮茶叶，说那是和尚岗的好茶叶，拿来供奉我们的老祖宗。收藏那么好的茶叶，阳居者不享用，却是拿来供奉阴曹地府里的老祖宗，可见茶叶有多么特别。我那时还是小屁孩，对茶叶不感兴趣，而对母亲说到的和尚岗感兴趣起来。于是问那和尚岗是不是有很多光头和尚，母亲告诉我说和尚岗在我们人民公社的东边，是还要走很远才能到达的一个地方，她也没去过和尚岗，也不知那里是不是有和尚。

不解的问题在我脑子里留存了 50 多年。50 多年过得太快，当我急着长大急着成家立业又急着变老的时候，蓦然回首，家乡东边的和尚岗，竟然还没去过呢！家乡从"人民公社"到"区"再到"镇"，在岁月中一次次改变称谓，唯有那个叫和尚岗的地方没改变名称，并在我心里仍然是一个谜。和尚岗，真是一个那么难以抵达的远方吗？

终于，在今夏获得了一次机会，我想向和尚岗做一次说走就走的探访之旅。鹿寨县有两个古茶场：一个是公敢山茶场，一个是和尚岗茶场。去年五月，我做了一次探访古茶场的新闻策划，先去到了北面的公敢山茶场。去公敢山茶场让我付出了痛苦的代价——在穿越有很多山蚂蟥的丛林时，我不慎中招，回到家后，被山蚂蟥咬过的伤口发生感染，脚肿得像小桶，我卧床一个星期才能下地走路。那么，下一个和尚岗茶场，我还要不要继续探访呀？不是我好了疮疤忘了痛，今年我是一定要去看看它的，再不去我就要到了退休年龄了，退休了就是老了，老了以后还走得动吗？我决心要了却一次少年的梦想。

我跟着一支往东走的队伍，真要去和尚岗了。

向导简明扼要介绍了路程，他说，抛开从县城到北里村一个多小时的坐车时间不算，从北里村三柏屯去和尚岗的山路，步行要将近四个小时，其中三个多小时用来翻越雷劈岭。我知道向导会尽量把困难说得严重一些，可我不怕，我的心早就飞向那个我并不熟悉的地方。

我们在三柏屯雇了一个马夫和一匹马，负责运送十几个人消费两天的粮草。来到雷劈岭前，向导再次强调，攀越雷劈岭要三个多小时，现在谁

和尚岗（种艳记 摄）

不想去了，还可以打退堂鼓回三柏屯，在三柏屯住一夜等队伍明天回来。对于向导的话，大家没有什么反应。我把眼光投向同行的 90 后姑娘小陈和她同伴小罗。他们在嘻嘻哈哈地玩，像是根本不听向导在说什么。难道向导是在对我旁敲侧击，他话里提醒的人实际上就是我吗？我要去的心，已不容更改。

雷劈岭有五六十度的坡度。羊肠小道的山路蜿蜒而上。凌晨下了一场雨，这时山上云雾缭绕。一路上，大多数人都尽量减少说话，目的是减少消耗，保存体力。一行 13 人，除了小陈小罗，其余都是 40 岁以上的中老年男人，有比较充足的登山经验。小陈小罗我不熟，接下来再慢慢熟悉他们吧。两个年轻人很活跃，在他们看来，山路一点也不危险，他们边走边打情骂俏。

以山路为界，雷劈岭左边是莽莽林海，也是万丈深壑；右边是长得比人头高的芭芒草和灌木丛。偶尔见一棵干枯的树，从树上的一些炭化的枝条可以看出这里发生过火灾。说到山火，没有谁不怕，我听灭火队的人说过，高山起火就如火烧天，救火的人不要贸然靠近火场，火势熊熊之下，人的生命是很脆弱的，一股火舌卷过来，说不定生命就被吞噬了。所以高山救火，最好是在离开火场有足够距离的另一个山头割开隔离带，断开火源。

小陈穿着白色的碎花长裙，为了上山行走方便，她把裙摆捞起用手提着，任由路边的芭芒草亲吻她穿着肉色长袜的两条长腿。而小罗这位护花使者，此时也帮不上小陈太多忙。相反地，我感觉他还不太跟得上小陈的步伐，那陈姑娘走在山路上，步伐稳得像走 T 台。

我挑起话题问小陈是哪里人，在哪上班。她不假思索就回答说："我是郊区农民。"然后抬头望望我，那眼神像在问，"不信吗？不像吗？"小陈如此回答以及她望着我的眼神，令我很惊讶，这是一个无可挑剔的简要回答，让我一时不好应对了。我说小陈你爬山很棒。我也当过农民，经常爬山。我这样说，感觉有点东拉西扯，语无伦次。

从攀谈中，我知道小陈在城里开茶叶店，她是学商贸的，有会计证，她在经营茶叶店的同时，还兼职两家单位的会计。

二

流动的雾从我们左边的深壑涌上来，蜿蜒的山路只有二十米左右的能见度。我感觉到雾在脸上拂过。因为有雾，让人觉得我们左边的深壑更加深不可测。向导看到大家说话少，想调节一下气氛，便说，雾太大，停下来休息一下。他说给大家讲一个雷劈岭的故事吧，向导指着左边深深的雾海说，这下面就是发生过雷劈的地方。据老辈人说，以前这下面有个凤堂村，村子仅有几户人家。村前有条凤堂河，河是很小的山溪，只有十来米宽，两边大山夹着这条小河，凤堂村就是建在河湾不远的一块高地上。

凤堂村人姓刘。小村与外界隔绝，村人的日子过得很清苦。由于与外界隔绝，男女婚配也就是近亲结婚了，刘二和喜凤成亲后，喜凤十月怀胎，生下一个人头蛇身的怪婴，这事把凤堂村人吓坏了，大家都说是出了妖怪了，叫刘二和喜凤把怪婴处理掉。但是，毕竟是自己身上掉下的肉，刘二和喜凤怎忍心处理掉这条小生命？数年过去，怪婴总也不长个子，依然是软乎乎一个怪物。

凤堂村人认为本村风水出了问题，便陆续地搬离这条山沟。只剩下刘二、喜凤和怪胎幼儿。那年夏天雨季特别长，有一天，忽然天昏地暗，

和尚岗（种艳记　摄）

145

电闪雷鸣，一声巨雷在凤堂村的后山劈下来，雷电把大山撕开了一条深沟，雷劈过后，凤堂河连续三个月流黄油的泥浆水。发生雷劈后，刘二、喜凤一家也消失了，没有人看见他们走出山沟，大家都认为那一家子被天雷带走了……发生雷劈的这座山，后来就叫雷劈岭。

向导讲的故事，使浓雾弥漫的雷劈岭多了一种瘆人的气氛。大家赶紧赶路。又走了一个小时，到雷劈岭顶。岭顶是一片宽阔地带，叫跑马坪。过了这个上千亩的跑马坪，就全是下山的路了。向导建议大家在跑马坪等驮运粮草的马跟上来再走。大家才想起还有马走在后面。山那么陡，驮运粮草的马太辛苦了。

在等马的时候，围绕"跑马坪"名字的由来，向导又摆起古来。

相传有一年，榴江、修仁、永福三县的县长到雷劈岭现场办公，商议山场划界事宜。在县长们争得难以调和的时候，有人献计，让几位县长来一场跑马比赛，谁跑马赢了，山场划分由他"公正定夺"。这个主意一提出，县长们竟然都同意"就按此办"。那榴江县长正为得到一匹快骑而高兴，现在有人提出赛马划分山界，他立即心花怒放开了。原来，榴江县长爱惜自己的坐骑，从县衙来到三柏屯的时候，远望云雾里的雷劈岭，他就打起了主意，他不忍心让自己的爱马登雷劈岭，就在三柏屯挑选了一匹经常走和尚岗茶叶古道的枣红大马，他要换马上山。枣红大马经常随主人走雷劈岭，每次，主人都会山顶歇马。如此说来，这山顶就相当于是枣红大马的"主场"了。比赛开始，枣红大马"哒哒哒哒"箭一般射出，把另外两个县长的马远远甩在后面。几个回合下来，榴江县长顺理成章赢得了比赛，山场划分最后由他说了算，这样的结果，平时争议最大的和尚岗茶场便没有了争议，稳拿在榴江县长手中了……向导讲的故事流传于民间，赛马划地并无史志记载，而且，经过后来行政区划变动，榴江县已划归鹿寨县，修仁县也划归荔浦县（现荔浦市）。传说不是史料，只能永远是民间传说罢了。

讲完跑马坪故事，马夫牵着马上来了。看到马，大家一阵开心，牵着马在跑马坪合了影。然后开始从雷劈岭东面迂回下山，挺进和尚岗……

　　一路上，我几次谢绝队友们提出帮我背相机的请求，主要是我一路上要拍照，再说这次来和尚岗，我已做足思想准备再次检验一下自己的体能。虽说自己几乎天天走基层采访，但也多是车接车送，不需要自己走太多的路，由此，我对自己能不能攀越雷劈岭，一开始也是没有足够把握的。虽然去年完成了公敢山茶场探访，战胜过布满艰难的山路，但去年的探访跟和尚岗之行毕竟是有一些区别的。更主要的，去年是去年，自己不是比去年又老一岁了嘛，上了年纪的人，是一年不如一年的。但不管怎样，我还是要相信自己，我不是把这次去和尚岗当成实现梦想的旅行吗？既是如此，就该是一次快乐之旅，我相信自己这次会比攀越公敢山走得更加漂亮。精神满满的我，坚持不让大家帮我背摄影包。

　　由于我不掉队，队友们也给予我一致的表扬。

　　即将到和尚岗了，我有些激动。想到自己马上就进入耳顺之年，能实现少年时就想到和尚岗一游的梦想，我开心得忘记了疲劳。

三

　　终于来到雷劈岭东面山脚，一条十多米宽的小河横亘眼前，这就是和尚江。过河的地方水浅不没膝，河床上布满一块块被水冲得光滑的大石头，

山泉水（种艳记　摄）

大石头之间是一些小卵石，清清的河水在石间流过。能看见一条条小鱼在清流中嬉戏。我打着赤脚在水里慢慢探步，那些只有小指般粗细的小鱼不断地窜来窜去，更有大胆的不断地撞我的脚，我开始觉得脚被小鱼撞得有些痒痒的，渐渐地又感到有些微痛了。我发觉这些小鱼，实际上是在咬我，它们对我的脚撞一次，就是用小嘴巴咬上一口，哈哈，我的皮太老，小鱼还咬不动。河水透心地凉，深山里流出的水冰冷冰冷的。我弯腰掬一捧水送到嘴里，甘甜清凉的和尚江水直达心底。

和尚岗土法制茶（种艳记　摄）

小河那边就是和尚岗茶场了。茶场管理人老吴来到河边迎接我们。看着我们在河边忘情地戏水拍照，老吴提高嗓门说："大家看见和尚了吗？""和尚在哪里？"大家异口同声。

凭着阅历，我知道这里已没有和尚了。但我还是对这里的典故很感兴趣。我问老吴："这里究竟叫和尚岗还是和尚江？因为这一带是客家居住区，客家人'江''岗'同音，都念'gang'。"

坐在河边草地上小憩，老吴没有直接回答我，他说起他听来的故事：

　　说的是先朝有一位文将军因为被追杀，逃进了原始森林剃度为和尚。他选择了这条长年不干涸的山中河流，在河边搭起茅舍隐居下来。文将军给自己和所处的山野环境命名，这条小河叫"和尚江"，方圆万亩群山就叫"和尚岗"。他在门楣上也书写了三个遒劲的大字"和尚岗"，取意是"和尚战斗的岗位"，至于他为什么要战斗，为谁战斗，就没有人搞得清楚了。

　　文和尚在山里种茶、种苞谷，偶尔也出去化化缘，把茶叶带出山去，兑换点其他生活所需。苞谷接近成熟时，引来了山间飞禽走兽，野猪偷吃苞谷还把苞谷地拱得乱七八糟，文和尚非常气愤，他就把庄稼地变成捕猎场，这也能解决生活的荤素搭配问题。

　　然而，这和尚岗并不是文将军的"保险箱"。没过上几年的清净生活，文将军便大难临头了。官兵包围了和尚岗，放出狠话：文和尚要是再不出来归顺朝廷，就放火烧掉这数万亩原始森林，让他和几万亩森林一同化为灰烬。

　　文将军为了保护这数万亩森林不被涂炭，也为了自己不落入奸臣之手，面对强敌，他决定选择魂守万仞青山和尚岗。那天早晨，当太阳升起来的时候，文将军站在和尚江边，对着山上的腐败朝廷官兵，仰天长啸："你们来帮我收尸吧！"那一声长啸穿越丛林，在丛林回响，形成一阵阵林涛。长啸过后，文将军抽出昔日驰骋疆场的将军佩刀自刎而死！等那些官兵从对面山上赶到谷底，来到文将军自刎的河边，哪里还见文将军尸首？只见血溅的岩边，长出了一棵棵石崖茶。有一块新长出来的江边石，形状酷像一个坐在太师椅上的老和尚，他粗大的右手扶在膝上，左手提着一根大禅杖，眯着眼睛面对尘世，据说这就是文将军的化身……

　　老吴给大家指认江边那一块石头，让大家看看像不像一个和尚。大家都说"太像了！"故事讲完，老吴说回场里吃午饭了，午饭过后让茶农再带大家去看另一块十几米高的和尚石。老吴说到午饭，大家一个个都觉得肚子饿得咕咕叫了，都下午两点多钟了，从早上出来，除了一路上啃一些面

和尚岗上的茶树（刘克林　摄）

包，还没吃到真正的午饭呢……

　　文和尚用生命保护数万亩森林不遭涂炭。如今，和尚岗的数万亩原始森林已蓄积了大量的林木。故事从来都是为传承和发展服务的，数百年来，一代代茶农坚持到和尚岗种茶。

　　另一位茶农老韦告诉大家，和尚岗最古老的茶就是那些石崖茶。老韦带我来到一处岩边，指着江对面悬崖上一片混生林说，那里就是古茶林。由于年代久远，河流改道，改变了地形地貌，古茶林变成在悬崖上了。老韦说，别看那些茶树仅有手臂粗，却有几百年以上树龄了。因为长在瘦骨嶙峋的悬崖上，茶叶产量很低，现在已经很少有人敢冒险采那些石崖茶了。我看着石崖上的古茶林，想起母亲以前买回的用黄纸包的和尚岗茶，应该就是从那些石崖茶树采下来的吧。

　　老韦说，在和尚岗林海里，偶尔也还有一些千年古茶树，茶树有一抱粗，由于树干高大很难采茶，一棵茶树一年能采到二两茶叶就不错了，能采到的就是极品茶。

　　午饭后，老吴摆起龙门阵招呼大家喝茶。我们一行人，有的累了睡了，有的拿着渔网到和尚江网鱼去了。喝茶时，老吴取下挂在梁上的竹篮，打开了一个黄纸包，看到黄纸包，我眼睛放亮，问老吴和尚岗茶都用黄纸来包装吗？老吴笑着说，外销要走精品路线，必须精装才能卖上好价钱。黄纸包茶是老做法，好处就是黄纸吸潮，能够保持茶叶质量。哦，原来如此！老辈人黄纸包茶，放到竹篮里，挂到烟熏火燎的房梁上……这民间土法，也算是和尚岗茶叶的一个文化密码吧！老吴说，和尚岗茶早晚温差大。夏天，白天茶场温度可以达到 34 摄氏度，但是晚上气温就只有 20 摄氏度多一点。茶场要的就是早晚温差大的气候环境，才有利于茶叶中茶多酚的形成。

四

在我们享受茶文化的时候，我发现小陈正和一同进山来的几位大哥在忙着什么，他们手上还拿着纸笔。我跟了出去。

只见小陈用钥匙打开一间库房的门，几个人进了库房。我大为惊讶起来！这小陈究竟是什么人？她怎么管着这里的钥匙？呵呵，有新闻，我要跟定这条新闻。

那几个人围着一台制茶碾揉机说着什么，他们这摸摸那看看，还用手机对制茶机器的商标进行拍摄，接着在材料纸上记录，然后又拿出一张购机补贴表，给小陈填写起来。我观察着，也拍下他们认真工作的照片。拍照的时候，我还让他们适当调整站位。

我终于发现小陈的真实身份！原来她是和尚岗茶场的投资人，也就是主人。制茶机器是她买的，今天是县农机部门来给茶场确认购机补贴。我这才回想到山路上小陈走得这么轻巧熟练，原来这年轻人早已走熟了这条茶叶古道。在这支进山的队伍中，只有我是唯一不知道她底细的人。

当我再返回老吴的龙门阵品茶时，喝茶的几位已经唱起山歌来，山歌唱道：

> 几十载来未相见，山水茶园看巨变；
> 今天爬过雷劈岭，千杯酒茶没打旋。
> 和尚岗茶香又香，你要几筐有几筐；
> 想要好茶登雷岭，上山有力不用帮。
> 和尚江水清又甜，登上雷岭似过年；

好茶好酒喝不够，茶酒待兄喜连连。

和尚将军守水口，江水来财样样有；

和尚江水最清澈，好煮茶来好煮酒。

　　一边是唱山歌的，一边是老吴拿出了一沓"茶叶鉴定证书"来，我凑过去，这是某茶叶研究所对和尚岗茶叶的检测报告，我看到报告中有一项指标，和尚岗茶叶的茶多酚含量50.4%。我不知道茶多酚含量50.4%是怎样一个概念，我用手机把"茶叶鉴定证书"拍下来，决定等走出山后再上网查查。为什么要等走出山才查？因为和尚岗远离都市，重峦叠嶂，网络信号不够通畅，此时，我的4G手机暂时只能当钟表看时间。信号不通畅当然会在一定程度上对和尚岗茶叶发展有限制，靠人马肩挑背驮把茶叶运送出山，也会对茶叶的销售造成一定影响。黄纸包茶叶的故事就不用继续讲下去了。这里的茶叶需要扩大种植面积，需要更快捷地运送出山。顺便说一下，和尚岗还没有固定民居，进茶场劳作的都是山外的茶农和聘请的季节工。数万亩和尚岗是旅游开发的一块处女地，千年和尚岗，期待有识之士前来开发建设。

作者简介 **赖建辉**，1960年出生，有作品刊发于《广西文学》《南方文学》《广西日报》《广西民族报》等。

视频·美丽茶园微记录片
——视·和尚岗（二）

吴大凯：和尚岗的守护者

赵伟翔

持宿命论的人认为，人在哪儿或如何生老病死都有定数，如女娲抟土造人，农民、军人、工匠、官吏……——落地，吹一口仙气，便都活起来。然后，不论他们怎么成长，走了多长的路，最后都逃不过宿命。

这让我想起了吴大凯，一个半生驾着汽车搞运输，跑遍全国各地的汉子，最后却选择成为一名守山人，一个隐者。这莫非也是一种宿命？

吴大凯是鹿寨人。我与他本不相识，只是因为前些日子，接到鹿寨县文联的电话，邀我参与撰写关于鹿寨和尚岗茶的故事，又说有资料提供，仿佛只是游山玩水便可一蹴而就，便应允了下来。

就这样，几乎是怀着一种受骗上当的感觉，我踏上了鹿寨的土地，前往和尚岗茶的原生地和尚岗，去寻访一名以茶为名的守山人。

事先我们并不知道，和尚岗不通公路，进出都要跋山涉水，按普通人的脚程，来回一趟需要六七个小时。这是资深驴友才敢挑战的自虐行。

我们从鹿寨县城出发，抵达三柏屯然后开始步行。

一路尘嚣渐远，绿意渐浓，车子一头扎在群山重围里，古树新发、桃李争艳，烟村四五家，颇有几分野趣。

爬了两个多小时的山路，抵达了一个叫雷劈岭的地方，我们以为就是目的地了。久等向导未至，偶遇一家子做清明回来，便上前问道。其中年长者诧异地看着我们说："和尚岗，还远着呢，要翻过这座山岭，再下到

和尚岗（刘克林　摄）

谷底……"

　　抬头仰望，和尚岗所在，莽莽苍苍，云蒸霞蔚，真可谓高山仰止。我们一行，两个年逾六旬，两个年近五旬，其中，散文家何述强先生还郑重其事地穿着皮鞋。

　　人类总是喜欢攀登高峰，但这真的包括我们吗？

　　但一言既出，驷马难追。或者说，这水都泼出去了，不拖一下地也就不好意思了。此外，好奇心也是一种让人盲目的驱动力。

　　深山多异闻。如这雷劈岭，据说百多年前，三柏屯有一小孩，长到十几岁，突发异变，头渐大如斗，他戴的帽子，倒过来可装七八斤米。村人深以为怪。一天夜里，突然雷声大作"轰隆隆……轰隆隆……"接着，屋后岭顶传来一声震天巨响，随后天地一片死寂。次日，村人发现，巨头怪孩莫名死了。又发现岭顶雷劈处有巨坑，深不见底。于是，村人把巨头怪孩埋入坑里，从此村寨平安。村人也便称此处为"雷劈岭"。

　　故事仿佛从千古奇书《山海经》中走来。自古以来，在山野之地，人类敬畏自然，信仰万物有灵，树老成精，水深有怪，雷劈岭这样的故事再自然不过了。

站在雷劈岭上，听着故事，我又想起了和尚岗来。

和尚岗上有和尚吗？和尚岗茶又有什么稀罕之处？这是临行前每个人都想弄清楚的事情。但一路问询下来，得到的答案都含糊其词。于是，和尚岗便因此变得神秘起来。或许只有见了吴大凯，答案才能水落石出。

自古以来，在中国，名山大川多有名胜古刹，亦多隐者，著名者如陶渊明、诸葛孔明等。隐者，各有其目的，或避乱世以守节，或逃避追捕以活命，或能者以退为进，蛰伏而待明主。在二十世纪七八十年代，热门一时的武侠小说里，男女主角的最终归宿往往是归隐江湖。

我们的向导小黄是当地人，精瘦健硕，从小与此间山野打交道，熟谙此中典故。他说，和尚岗亦有自己的隐者传说。当地盛传，古时曾有僧人在此结庐植茶，隐居修行，出极品茶而闻名于世，和尚岗茶亦因此而得名。

听着故事，我遥想着此间过去或许真有山间古刹和晨钟惊飞鸟之境。僧人们早起，踏清雾，以尖底桶汲水于江，在木鱼声里，在茶香里，开始一天的晨课。

但我知道，这一切曾经的可能已经不存在了，和尚岗上只有一个名叫吴大凯的"隐者"与传说中的僧人一样，为此间一株好茶，已独守大山十数载。

为了一株好茶而甘于归隐山林，这或许是自古而今茶痴者共有的痴行。唐朝上元初年，茶痴陆羽隐居苕溪（今浙江湖州），采茶煮茗，几经寒暑甘苦，写出世界首部茶叶专著《茶经》，对茶的性状、品质、产地、种植、采制、烹饮、器具等进行了超验式的综合论述，被后人称为"茶圣"。

吴大凯是在仿效古人之行吗？他的和尚岗茶是何滋味，让他舍得放下人世的繁华？好奇心驱使着我们一群人，为了一株茶，为了一个人，不辞辛苦前往和尚岗。

小黄说，吴大凯本来今天要出山采购物资的，听闻我们要进山，只好改了行程。

听得出来，我们的到来或已经打扰到了他的"清修"。一个男人能十几年隐居山里，自然不会太喜欢热闹，却也不拒绝所有善意的来访。十几年来，他以和尚岗为家，也俨然成为深山和尚岗茶的形象代言人。

其实此时的吴大凯早就起来了。推开院门，大黄狗便一溜烟蹿了出去。河谷里，晨雾茫茫，笼罩着远近茶山。山杜鹃盛开在和尚江畔，水雾滋润着花蕊，妖艳生姿，如开放在生死之界的神秘彼岸花。江水蜿蜒在山中乱石间，水声潺潺，日复一日地洗涤着天地。天地寂静，鸟啼声也如洗过一般，清脆悦耳。

他起身往野竹林挖回几根笋子以备餐待客。他又让"荔浦妹"烧了几大壶茶，然后才歇息下来，坐在木椅上，跷起二郎腿，静静地抽着烟卷，等待我们的到来。

此时的我们，却正挣扎在路上。所谓路，其实是村人进山采山货踩出来的，有不少是山上水流向下冲击形成，碎石、枯叶、青苔、沟壑，一道道远上云端的坡，都在考验着我们的体力与精神意志。

"你挑着担，我牵着马，迎来日出送走晚霞。踏平坎坷成大道，斗罢艰险又出发，又出发……"

四个人在山弯坳角，停停走走，就像万里跋涉到西天取经的唐僧四师徒。此时我脑海中浮现的吴大凯，近乎一个打坐的佛祖，脱凡出俗，守护着一本古老的《茶经》。

"要是再有一匹白龙马就好了。"我自言自语道。

"马啊，本来是有马的。"向导小黄指着路上的旧迹说，这些地方原来都是马攀爬时踩出来的。和尚岗的主要物资供应原来都是马驮进去的。这样的路，有时马也会滑倒跪下，怎么打都不走。

"后来，马都老了，最后两匹，去年也死了。吴大凯不得不经常自己运茶出山，回家省亲，采买生活物资。"

我们手脚并用，在马也要跪下的山路上攀援而上，幻想自己要是长臂猿该有多好，只消得从一棵树荡到另一棵树就可以纵横山林了。

"最艰难的还是帮吴大凯运送炒茶机器设备那次。我也参加了运送。"小黄说，"没有马，两百多斤的两个铁锅，我们几个人一组，肩扛手抬，翻山越岭，整整花了一天时间。"

为了一抹茶香，值得吗？我真的很想问问吴大凯。

终于上到山脊，视野豁然开朗，远山如浪，澎湃在胸。而此时大山中的我们是如此渺小，俯视着我们的是高高的红豆杉、百年老云松、长势怪异的油松；陪伴我们一路的是着一身嫩叶新装的枫树、开得正热烈的聚伞形花序的野海棠；撩拨着我们的还有各种生机勃勃的野花野草。

何述强先生的山歌也适时响了起来："家花没有野花香，家郎没有野郎狂……"

不愧是来自歌仙刘三姐故乡的人！

这让我也想起了自己的故乡——十万大山。这里的一切，一如我童年关于原始森林的记忆。那里也出产一种著名的香茗叫金花茶，被誉为"茶族皇后"。

高山云雾出好茶。这一片片神奇的"东方树叶"只有在人迹罕至、没有受到半点人为污染的深山老林，接受风霜雨雪的洗礼，接受天地精华的滋润，才有富足人家嘴边的那一盏醉人馨香。

我们也十分渴望那一盏茶香，但此时山岭之上，还未有和尚岗茶的身影。

"还要往下，到那里才是和尚岗，才有和尚岗茶。"向导小黄指着我们脚下的山坳。

我们遥望着和尚岗。这处山冈位于鹿寨、永福、荔浦三县交界的崇山峻岭之中，虽并非名山大川，但海拔最高处也有近千米，人迹罕至，云蒸霞蔚，山野清流，倒也是个适合隐居之所。

"松下问童子，言师采药去。只在此山中，云深不知处。"一首《寻隐者不遇》的诗境油然而生。

和尚岗，或是因其在三县交界处，作为界山而得以保存了原始森林的状态，群山沟壑，风起云涌，和尚岗茶便生长其间，自然得到了天地的精华。

日正午，阳光散布着干渴。正好过滴水岩。这是一处页岩崖，位于山顶，却常年湿漉漉的，竟可汇成水滴流下成小水潭，不知水从何来，真是自然的造化。小黄说，这也是吴大凯他们往返和尚岗途中的加油站。

掬山泉水于手如品茗，清凉入肚，疲意顿消。散文家何述强先生还把一个铁皮罐子放在崖下，用手机给朋友直播分享这一自然造化。"嗒嗒嗒嗒"的水滴声，在唯有鸟语虫鸣的山野，谱出一曲自然和谐之音。大概只有热爱自然的人，才有此雅兴，也才能写出一篇篇人与自然的好散文吧。

往和尚岗的山路林密而陡峭，同样十分艰险，好在诗意盎然。幽暗处，阳光透过树梢洒下一地斑驳，各种蕨类、苔藓、蘑菇和鲜艳的野果分布其间。各种老藤蔓，在林间纵横交错，相互缠绕，如群蛇狂舞，让人心悸。

行不惯山路，我和何述强走走停停，落在了队伍的后面，正有些慌不择路之时，遇着几个刚从山里采野茶归来的村民。他们的蛇皮袋子里满载茶叶。原来这野生茶是自然的馈赠，谁都可以来采摘。他们天未亮就进山了，显然采摘一次往返不容易。

我们跟他们讨了些茶叶，茶叶光洁油亮。他们说，这就是野生茶，长有茸毛的是人工种植的。品质好的野生茶很贵，有时往山里走一趟，就能挣个千八百的。

这是我们第一见识这和尚岗的野生茶。闻一闻，清香。我学着何述强先生抓了一把放到矿泉水瓶里。他说，冷水泡茶，就像人生，需要慢慢泡出滋味来，慢慢回味。

我们打听着和尚岗的远近。他们都指着谷底，说找到和尚江就找到和尚岗了。但在这密林深处，岭树重遮，又如何觅得那潺潺水声呢？

路过野竹林，有新剥的一堆竹笋壳于路旁，自然是吴大凯早晨采摘的了。向导小黄就在那里等着我们，像等待两头迟归的老牛。小黄催促着我们加快脚步，否则返程可就天黑了，那可不好办。

"我们可不是吴大凯，一天能走两个来回。"小黄说。

不久，有潺潺水声传来，前面传来了欢呼声，和尚岗终于到了。

和尚岗属于自治区级的拉沟自然保护区核心区。这一处所在，双峰夹小河。正是草长莺飞的时候，山杜鹃和九龙藤开得正盛。河滩上长有不少野茶林，我们逗留了片刻，听向导小黄说和尚岗茶经。

和尚岗上的采茶人（刘克林 摄）

枯水时节，巨石裸露在河床上，在阳光下格外耀眼。踏着巨石，过到对岸，见到了满坡碧绿的茶田，属于私人承包的和尚岗茶园，也正是吴大凯日夜驻守的小小"疆土"。

据说和尚岗茶园还保留了不少古茶树，这些古茶树也不施肥杀虫，任其自然生长。

就在茶田转角，像诗里写的"转过溪

头突见"，一个土冲墙的民舍院落出现在眼前。院门开了，先是几条黄狗出来，然后是一个中年男人，小黄说这是和尚岗上唯一的男人，自然是吴大凯了。

吴大凯个子高大。这挺拔的身板在岭南之地，让他更像个北方人而非本地土著。虽年过六旬，他身上却未见多少苍老之态，神情里淌着的是岁月的从容和淡定。这或许是十几年的"出家"生活给他带来的好处。

进门后先领略了一番和尚岗的"茶道"。

在我所见识过的茶道表演里，这里应该有一个巨大的古树根茶台，还要有一位有着纤纤玉手的女子，在古乐声中，依次开始上演神入茶境、煮水淋杯、观音入宫、悬壶高冲、春风拂面之类的仪式。

事实上我想多了，院子里并没有多少与茶相关的展示或氛围，没有精雕细刻的茶几、精致的茶具，只有"荔浦妹"捧出了两大壶茶和一沓小碗，摆在简易的饭桌之上。

茶色红亮，淌入瓷碗，带着自然的馨香。饥渴难挨，大家各取所需。吴大凯只是斜靠在椅子上，抽着烟卷静静地看着我们喝完一碗又一碗。

因和尚岗风景优美，和尚岗茶又名声在外，他这里总不缺少访客。

和尚岗不通公路，进出都要跋山涉水，不少人因为一时冲动，结果进得出不得。为安全起见，吴大凯也只好留他们住宿。

他虽"隐居"于此已十数年，却依然对大山充满了敬畏。

有一次，他送"荔浦妹"返乡，归来时已是黄昏。经过一处密林时，他突然听到林中有异常的响动，紧接着传来几声野兽的吼叫，雄浑低沉却震慑人心。他急忙爬上身旁一棵大树，低头看时，昏暗中只见灌木丛一阵摆动，不知是何物正从树旁经过。他不敢直视，屏息仰天以待，未料到竟又看到另一番奇异的景象。仓皇之间，几只苍鹰正盘旋在他头顶的上空。他不由联想起了纪录片里那争吃腐肉的秃鹫。它们也是在此等待分一杯羹吗？如此一吓，不觉已经冷汗淋漓。

好在只是虚惊一场。下得树，他腿还是软的，脚步却踉踉跄跄地飞了起来。

"回到住处，我莫名感觉到非常饿，往日吃饭都只吃一两碗，那天晚上竟然连吃了五碗才感觉饱。"吴大凯回忆那次遭遇，仍然感到不可思议。

后来，他猜想路遇的可能是野猪群。虽然此地占时常有老虎出没，但如今，已很少见到它们的身影，只有野猪偶尔出没。

这样的遭遇并不止一次。从此，他再也不会在昏黑之时出门。

倒是年轻一些的"荔浦妹"，胆子大一些。

"我没觉得有什么好怕的。"她说。

月色好的时候，她还会离开"安全屋"，到屋前和尚江上，坐在大石上边梳头边看月色流淌，想着家中的男人与孩子出神，回头又想起明天的活路，于是扎好了头发，又回去睡了。掩上门扉，万籁俱寂，只有夜虫的合鸣，屋旁和尚江的潺潺流水载着月光远去，在深山密林里忽明忽暗，如一条蜿蜒爬行的银色水蟒。

"荔浦妹"是一名来自相邻桂林荔浦县的女工，也是和尚岗茶园的常驻代表。她说，茶园在采摘时节工人们才会来，她是自愿留守的，已经习惯这种与山为伴，与世无争的生活。

"关键是还能养活自己。""荔浦妹"笑着说。

院子两边有几间房，可供10多人住宿。平时，主要是给采茶的工人临时住宿的。此时，春茶采摘已过，工人们已经返乡，房间就空出来了。吴大凯也专门收拾出两间客房，供因故不能当天返回的驴友留宿。

床是大通铺，简陋却整洁，墙面上居然还有各种题诗留言，就像古代驿站和风景区，总有许多路过的文人墨客有感而发或闲极无聊，在墙面上题诗作画。其中落款为"有根"的有多幅，一首长诗更是书写讲究，占据着墙面的显要位置。

"和尚岗流无尽期，那年相识种情思。醒时满目青山翠，梦里惊呼归鸟啼……"

这让我有了一种当年李白登上黄鹤楼的感觉——"眼前有景道不得，

崔颢题诗在上头"。一了解才知道，有根竟是与笔者相熟的一位文友，在市里某政府部门担任要职。没想到，每日忙于案牍的他还有此雅兴和精力来到这大山深处。真可谓："谈笑有鸿儒，往来无白丁。"

"他不时来，一来就住好几天。"吴大凯说。

"荔浦妹"在灶台上操劳，原始的大山里，开始升腾起人间烟火。灶是柴火灶，烟火经年累月已熏得满墙黝黑发亮，有同色系的一排烟熏腊肉悬挂在灶台上空，那是他们的存粮。

饭菜是鲜笋炒五花肉就米饭，闻之让人味蕾大动。这也是他这里唯一拿得出手的美食了。

匆匆饭毕，吴大凯带着我们出去转茶山。

吴大凯说，和尚岗茶园还保留了不少古茶树，这是和尚岗茶园的底蕴所在，也是其优良茶叶品质的源泉。我们看到的茶田就是利用古茶树插枝种植的，有 40 多亩茶树，基本野生化，树龄都在 50 年以上。后期，还有 110 亩茶树，树龄也都在 25 年以上。

这里昼夜温差极大，而溯江而上的暖湿气流，受地势影响，终年雨雾缭绕，极宜茶树生长，也形成了它独特的品质。

为保证茶叶的品质，和尚岗茶每年仅在春茶期间采摘一次。

"你们看，和尚岗茶叶内的茶多酚、儿茶素等含量远高于其同类。"吴大凯拿出了一张检测表。

随后，我们来到了他的制茶工场。

阳光正好，工场里正在晒青。巨大的箩筐中，新采摘的茶叶上水汽蒸腾，散发出浓郁的茶香。吴大凯用手抚过茶叶，轻轻地翻动着，判断其是否已经合适进入下一道工序。

这时，我才意识到，他还是一名经验丰富的制茶师傅。

工场里有一排半自动化的机械，主要是用于杀青。那便是当年他与小黄一起花了整整一天时间肩扛手抬进来的。

"那种经历不想有第二次了。"吴大凯说，"其实，这些设备，因为没有配套，搬进来了也不好用。"

后来，这些机械，又经过吴大凯自己的改造，才派上了用场。机器坏了，也是他自己维修。

"慢慢摸索着来呗，以前我开汽车，有一些维修经验。"吴大凯说，"设备有限，每道工序都要人工参与，一直是如此。"

刀耕火种，半机械化、半人工化、半传统化，看来，这里不论是种茶还是制茶方式还比较"土"。或许正是这种"土"和吴大凯的匠心，才更好地保持了茶叶原有的天然风味，和尚岗茶无论是口感的醇厚，还是色、香、味都要比纯机制茶更胜一筹。

如今，采摘期已过，临时雇佣的工人已返乡，只有他和成为长工的"荔浦妹"，守在寂静的和尚岗。

和尚岗、茶园、工场，这就是十几年来，吴大凯全部的世界了。家人偶尔来看他，却待不住。雇用他的茶老板这些年也很少来了。因此，多数时间，吴大凯都是一个人独守和尚岗。

茶老板早前是跟他相熟的，承包下了和尚岗茶园，就问他愿不愿意来帮忙。

当时吴大凯正值壮年，从事收入丰厚的物流运输业，奔波在全国各地。他知道和尚岗，也去过和尚岗，知道那是一个怎样的深山所在，选择接受这份工作，就意味着选择了与孤独为伴，但他竟然鬼使神差地答应了。

"为什么？"

"累了，江湖太嘈杂，这里简单，安静。"他淡然地说。十几年来，茶老板也将他视为最可靠的合作伙伴，将和尚岗茶园的工作完全交由他全权处理。他在和尚岗的生活，就像"荔浦妹"所说的，清静，还能以此谋生，何乐而不为！

再问，他就是一句"说来话长"搪塞了。纵横江湖半生，我知道他肯定有很多故事，只是已经没有了述说的欲望。

我又想起那宿命论来，忽然觉得这其实也是人生的因果所导致的自然选择——归宿。

"山气日夕佳，飞鸟相与还。此中有真意，欲辨已忘言。"此时或许就是他人生中最好的状态：一座山，一个人，一株茶，一觉到天明。

作者简介

赵伟翔，1976年生人，壮族，广西上思人。柳州市文史研究会会长、柳州市民间文艺家协会副主席、柳州市委党史研究室特聘专家。出版有《遗落的秘境》《石头记》《铁血八桂》《地火燎原》《侗寨》等著作。曾获广西文艺创作铜鼓奖（第八届）、首届广西文艺花山奖。

舌尖茶觉

瑶山"仙草"——灵芝

微 语

—

民间自古以来崇拜灵芝，认为它是吉祥、如意、富贵、美好、长寿的象征，古今关于灵芝的传说和记载源源不断、绵延不绝。从"麻姑献寿""秦始皇命徐福东渡搜集长生不老药""白娘子盗仙草救夫"的民间传说，到上古奇书《山海经》以及《楚辞·九歌·山鬼》《尔雅》《神农本草经》《西京赋》等先人著作中关于灵芝的种种记载和称谓，给灵芝增添了神秘的色彩和扑朔迷离的光环。

我竟然也被这些神话故事和记载深深影响。说是影响，不如说也和大家一样，心里都愿意藏着一份美好。一直以为，灵芝只长在"万山之祖"的昆仑山脉高耸入云的山峰峭壁之上，是一种吸天地之精华、可生长千年的草本植物。虽不相信它有起死回生的功效，却也知道它是可以延年益寿的灵药。以致认为，平时在药店，在市场可以买到的灵芝不是真正的灵芝。真正的灵芝如同高山险峰上的修道者，不是随便就可以遇见的。

某次和朋友到某地旅游。爬景区一座高山，在半山腰的休息驿站中，看到有山货摆卖。香菇、木耳、竹笋、灵芝、壮阳果……有袋装，也有散卖的。台案显眼的位置上摆放的一小束植物引起了我的注意：黑色的细细的秆顶着比拇指大些的伞盖，伞盖呈橙色，根部沾着带土的青苔，摸上去是硬的。店主看到我对这小束植物感兴趣，便对我说这是灵芝。我觉得很惊奇，灵芝不应该是很大一朵吗？店主说大朵的都是人工栽培的，这是深山长了几十年的野灵芝，很难采到，不是每天都有的，今天你们运气好，碰到了。看着店主一本正经的模样，他的话让我深信不疑并以不菲的价格把那四根一束的"小灵芝"买了下来。没想到我也能拥有"仙草"，而且还是四株！回到家，我把它们摆在书桌上，自感有"仙气"萦绕，人都通透了。可是没过多久，"仙草"竟坏掉了！我的神话也碎了一地，但还是抱有幻想。

一次偶然的机会有幸参加鹿寨县采风创作活动，在拉沟乡大坪村对灵芝从头到尾了解了一遍，我才恍然，原来我被神话故事骗了半个世纪。

二

人间芳菲四月天，桃红柳绿醉春烟。进入柳州，一路到鹿寨，道路两旁木秀林茂，粉的、紫的、白的紫荆花怒放，仿佛置身一座巨大的花园。从鹿寨到拉沟乡，行程近一个小时，也是一路生花。在拉沟乡稍作休整，我们一行六人继续去往拉沟的一个瑶族村寨——大坪村。

开车的是拉沟乡副乡长曾茂林，他在拉沟乡工作了好些年，对拉沟的每个村的情况再熟悉不过，他轻车熟路拉着我们行驶在蜿蜒崎岖的山路上。他给我们介绍说，拉沟乡背靠架桥岭余脉，境内的气候温和，日照充足，年平均日照时间约1596.8小时，无霜期长达320天以上。年平均气温20.4℃左右，夏季最高气温38℃，冬季最低气温0℃，雨量充沛，适合各种植物的生长，森林覆盖率达92%。境内还有多座高山，其中就包括鹿寨最高峰的古报尾山和第二高峰七星坡，我们要去的大坪村离乡府18公里，就在架桥岭余脉的腹地里，是距离县城最偏远的瑶族村寨，再过去不远就是古报山和公敢山。而我们另外一个采风小分队就去了公敢山的北面，去拜访山上百年的茶树。我们在山的南面，去拜访茶马古道、草珊瑚茶和灵芝。我们是开车进山，他们得要步行爬山。一路我都在想，灵芝肯定长在最高的古报尾峰顶之上，不由得担心上不了峰顶，看不到灵芝！

车子在不断爬坡，随着地势的逐渐升高，呼吸着与山外不同的新鲜空气，我们已然进入了拉沟自然林保护区。车窗外，高大的乔木和茂密的灌木填满山头和山间的沟沟壑壑，茫无边际。从这些植被的分布特征看，这里地处南亚热带和中亚热带过渡的位置上。为了和乔木争夺阳光，大树下的灌木旁逸斜出，藤本、附生植物形态各异，整个森林呈现犬牙交错的状态。看似寂静的大山林区其实也有斗争与骚动。

群山环抱中的大坪村委和周边的民房依坡而建，在青山的映衬下，白色的楼房格外显眼。村口的小卖部里正播放音乐，声音响彻村庄。一个身着瑶族服装的老年妇女正在地头给玉米除草，红色的尖形头饰随着她的动作在晃动，是那么纯朴可爱，村庄随之生动起来。在这地少人多的林区里，村民们依靠什么作为经济来源？

村主任冯金慧介绍说，大坪村共有227户，776人，90%以上为瑶族。和其他山区村一样，山多地少，在脱贫攻坚以前，人们除了种几分薄地，便是依靠这深山老林提供的茶叶、竹笋、菌类和中草药这些山货换取些油盐。加上交通不便，信息闭塞，随着人们不断地开采，山货也越来越少，靠山吃山的日子过得挺艰难的。

是的，这片山林给了村民们特别的恩赐，有四季不断的山泉溪流，长年供应着山货，比起我家乡的人们幸福得多。我家乡属石漠化山区，九分石头一分土，除了些低矮的灌木和零星的乔木，很难见到成片的树林，能提供给人们的除了石头这些"硬货"几乎没别的东西了。

冯主任继续介绍说，脱贫攻坚以来，通村的路修好了，在政府的引导和扶持下，利用得天独厚的环境优势，村里种起了灵芝、罗汉果、草珊瑚等中草药材。村民的收入逐年增长，这不，家家建起了楼房，买小车的大把多，有的还在县城买了房……

听了冯主任的介绍，我有点迫不及待，问道："灵芝是不是要种到最高的山顶上的石缝里？"

冯主任掩不住地笑着回答："山顶上面的气温并不适合灵芝的生长，我们一般都是种在山腰以下的林地里。”

"那灵芝是不是可以长一千年？"

"哈哈，那都是传说！一般灵芝从生长到采收也就三个月的时间。超过时间不收就会烂掉或者木化，没什么营养和药用价值了。"

我的问题是随口而出的，也是一直埋藏在我心底多年的疑问。虽然也有百度了解过灵芝的生长，但还是不想打破那份传说中的美好。我不甘心又问道："种植的灵芝和野生灵芝有什么区别？是有公司提供灵芝种给你们种的吗？"

冯主任笑着指了指正在对面的一位中年人说："这位是冯记生，是村里最早种植灵芝的农户之一，让他给你说说灵芝是怎么种的吧。"

三

架桥岭余脉元气氤氲，孕育物华天宝。大山给予人们丰富的物产，同样也伴随着艰难和危险。少年的冯记生背着背篓跟着长辈在茂密的雨林里穿行。踏上前人开辟的山路，蹚过小溪，踩着厚厚的落叶，去丛林里寻找能够换取学费、生活用品的灵芝。七月的公敢山一带天气阴晴不定，一会儿狂风暴雨，一会儿艳阳高照，身上的衣服干了湿，湿了干。他们还得时刻提防带毒的虫蛇，松动的山石，落叶下的深坑……隐藏的危险在他们看来已经习以为常。冯记生在长辈的带领下见识并化解大自然的风险，练就生存之道。他的心智要比没有经历过苦难的同龄人早熟，面对社会上的大风大浪也能够显出淡定沉稳的气量。他的父亲，他的爷爷，爷爷的爷爷就这么走过来的。冯记生就在那时候开始知道了野生灵芝的生长规律和特性，为他以后进行人工栽培灵芝打下了基础。

灵芝生长的地方海拔不是很高，大部分长在枫木树桩上，特别是被雷劈过的老树留下的树桩更容易长出灵芝。听着冯记生的讲述，我仿佛看到森林上空乌云四面聚合，瞬间密布，拉扯着、搅拌着、翻腾着，突然电闪雷鸣，大雨倾盆而下，阴阳交汇，天地融合。随着一声巨响，一棵老树轰然倒下……一番激情过后，大地一片狼藉，却孕育了无数的新生命。

野生的灵芝价格虽高，毕竟产量很少，为了收获更多的灵芝，人们在每年小雪、大雪之间的节气里，选择性地将山间的大枫树给砍掉，留下树桩吸收雪水，运气好的话，3 年后树桩上便会长出灵芝。但这样以破坏林木为代价的方法是不可取的，也解决不了什么大问题，谁都想改变原始的野地求生的现状，只是苦于没有出路。

随着时代的发展，人们的生活方式也发生了改变，不再无节制地向大自然索取，一部分人选择外出打工，一部分人留下发展林业经济。冯记生是后者。在老支书的带领下，2008 年，29 岁的冯记生开始尝试着在自家的林地里进行灵芝栽培。这是一场比技术比耐力的挑战。

首先是找菌种。菌种必须保证是本地山上野生灵芝的菌种，而不是某公司培育的菌种。这点对于冯记生来说不是难事，少年到成年的采摘经验让他很快找到了想要的菌种。头年的 7、8 月份，在长有灵芝的树桩上采撷母本，他小心翼翼地把母本放进试管带回家放在冰箱里冷藏。等到来年的 5 月，开始培育第二代种。将玉米籽、麦糠混合装在容量为 500 升的特制瓶里，消毒 5 个小时后接入母种，放置室内培育。9 月，瓶子里长出白色的菌丝，二代种培育成为生产种。接下来便将生产种移栽到 30 厘米高、直径约13 厘米的枫树棒上，放置室内定根。每个步骤室内的温度都得保持在 23 摄氏度左右。看到这里，你以为灵芝会是在室内或大棚种植，那就错了。等到新年的 1~2 月，把定好根的灵芝棒拿到杉树林里埋种。一个月后回归大自然的灵芝冒出新芽，7、8 月份便可采摘。一种可以收 3 年。

从育种到收获，整整需要 3 年的时间。这 3 年里，冷藏、消毒、室温、种植等各个环节的技术一旦出了问题，都会前功尽弃。刚开始的时候，经验不足，种出来的灵芝品相和产量都不是很理想。冯记生便外出学习，请教农业技术员，在一次次的失败和摸索中找到了一些窍门，育种和种植的技术提高了，灵芝的品相和质量都达到了想要的效果。因经验丰富，冯记生被当地聘请为仿野生灵芝种植技术员，他把他的种植经验毫无保留地传授给村民。

四

晒干的种植灵芝市场价为每斤 120 至 180 元，野生灵芝市场价为每斤 400 元至 800 元。一亩杉树林地可种植 1000 棒左右，培育灵芝菌种成本为每棒 13 元至 14 元，每亩纯收入 3 万元左右。由于大坪村人工种植的灵芝是在仿野生的环境里生长的，种植的过程中，不需施肥，更不用打农药，只需做好人工除草和除虫的管护，其药用价值与野生的没什么两样，价格要比大棚种植的高，比野生的便宜，很受市场的青睐，商贩们早早就来预定，所产的灵芝供不应求。

在老支书和冯记生等能人的带动下，有 12 户村民种上了灵芝。2021年，拉沟乡大坪村的灵芝生长面积约有 200 亩，收益相当可观。记者在采访大坪村村民邓才兵时，他透露自己家的林地里种有 2 亩灵芝，产量约有 300 斤，按 2021 年的市场估价，收入达到五六万块。大坪村因地制宜，大力发展林下经济，加上政府的补贴，早就脱离了贫困线，奔走在小康的路上。乡党委政府也抓住机遇，积极对接医药公司，引导村民进行中草药种植，打造定制型的中草药基地，畅通销路，增加群众收入，真正把绿水青山变成金山银山。

灵芝的种类之多，在葛洪《抱朴子》中记载："芝有石芝、木芝、草芝、肉芝、菌芝，凡数百种也。"大坪村的灵芝以赤芝为主，《本草纲目》中这样论述："赤芝，一名丹芝。味苦，平，无毒。主治胸中结，益心气，补中，增智慧，不忘。久食，轻身不老，延年神仙。"至于能不能"轻身不老，延年神仙"不得而知，但作为传统滋补品，它因含有多种氨基酸、蛋白质、生物碱和酶类等多种人体所需的元素而深受消费者喜爱。过去是一芝难求，我想，随着种植面积的扩大，不久就可以实现灵芝自由了。鹿寨县根据市场需求，已研制出以大坪村的赤芝为原料，采用类似茶叶冲泡（浸泡或煮）的方式供人们饮用的灵芝代用茶。这种经预处理、拣选、干燥、分切、包装工艺制成的代用茶前景广阔，想必又将成为鹿寨县支柱产业之一。

灵芝的保存也是有讲究的，冯记生教给我们一个方法，就是拿灵芝隔水蒸上 20~30 分钟，再晒干收藏，可保存 2 年左右。他还说，灵芝除了入药，平时还可以拿来泡茶、炖汤，村里的人常喝，很少得病，村里 80 岁以上的老人有 10 多位，最长寿的 101 岁。我想这里的人之所以健康长寿，除了空气清新，心情愉悦达观外，还有近乎天然的食材也是起到一定的作用。冯记生说，用灵芝泡茶，加入蜂蜜味道更好些，炖汤就加两三片灵芝即可。灵芝加蜂蜜泡茶，我在报到的那天晚上就错过了。还好在采风当天下午，回到拉沟乡府的饭堂，后勤就给我们炖上了一锅灵芝土鸡汤。那鸡汤的鲜美无与伦比，从舌尖到食道再到胃部都得到抚慰，其他菜肴的味道都被打压下去，一大盆汤被我们喝得精光。同行的晓丹说，喝了这个汤整个人都精神了许多，我也是这么感觉，很是奇妙。

<h2 style="text-align:center">五</h2>

这次采风虽然没能上山寻找野生灵芝的踪迹，但在一片杉树林里，我们看到了人工种植的仿野生灵芝。

高大笔直的杉树下，看到的是一行行浅浅的垄沟，被新旧落叶、青苔和刚冒芽的野草覆盖，哪有灵芝的影子呀？在曾乡长和冯记生的指示下，晓丹首先看到了灵芝，她欢快地叫道："看到了，看到了，好可爱的灵芝！"引得大伙儿疾奔过去，冯记生提醒我们注意脚下，要踩在垄沟里，稍隆起的那行是埋好的灵芝棒。这片地种下的已经是第三年的灵芝了，林下的环境已完全融入了自然，与周边的植被连成一体，只不过种灵芝的地方更平整更干净。

冯记生指着地上一个拇指大的褐色的凸起说："这就是刚发芽的灵芝。"仔细一看，果然是菌类的模样，一种带着木质感的菌，怯生生的，颤巍巍的，似乎还有些细细的绒毛，像极了小小的鹿茸。我在心里暗叹大自然的神奇，竟能生出这么可爱的物种。看着眼前像鹿茸一样的灵芝芽，我不由得想起关于鹿寨的神话传说——天地洪荒，一位仙人牧鹿到桂中腹地，见到一处山清水秀，生机盎然的宝地，便留了下来。日月如梭，后来仙人化

大坪村灵芝（韦靖 摄）

作仙人山——姑娘山，鹿儿化作六峰凸起的鹿角山，千万年来共同庇护着一方百姓，这宝地就是鹿寨。想必是那仙鹿嘴里正叼着一株瑶池边生长的"仙草"，仙人牧鹿时刚好经过大坪村这一带时，感觉到与瑶池相同的灵气，从"仙草"里跳出一群精灵，躲到深山老林中。当天地交合之时，那些精灵变成了白色的菌子，吸取天地日月精华，慢慢长成了现在的灵芝。

"有机会的话，大家七月份再过来，就会看到长成的灵芝。"冯记生的话打断了我的遐想，这才回过神来，拿手机拍了好几张灵芝芽的照片。杉木林深处，我感觉一群鹿正在向我们张望，它们身上罩着灵光，眼里尽是温柔。

在鹿群的注视中，我们告别了大坪村。这次采风让我对鹿寨以及灵芝有了全新的了解和认知。虽然灵芝的神话就此终结，但在我心里，它依旧是一株仙草——一株可以让瑶山焕发新貌，可以让瑶族同胞致富的仙草。

作者简介　微语，本名韦禹薇，广西作协会员，鲁迅文学院少数民族文学创作培训班第23期学员。有小说、散文、诗歌在《小说月报·原创版》《文艺报》《广西文学》《南方文学》《威宁诗刊》等刊物发表。现供职于河池市文联。

佳茗草珊瑚

阳崇波

我和九节茶的第一次邂逅要放在 2022 年，在这之前，九节茶的名头在我的故乡——罗城仫佬族自治县早已闻名遐迩。而我是在到过鹿寨后才知道九节茶的学名叫"草珊瑚"。

———

罗城县境内的宝坛、四堡等地出产九节茶。当地人深以此茶为荣，除自己喝之外也以此茶待客、送礼。他们认为这是最有名的当地特产之一，其他还有香菇、木耳、山茶油、野生小鱼干等。不过，包括县城在内的县里其他地方的人很少能喝到九节茶。如有例外，那一定是他碰巧有个宝坛、四堡的亲戚、朋友或是同学，那也许就能喝得上。当地人都说九节茶好喝，至于怎么好，除了茶香茶甜之外，他们也不能说出个子丑寅卯。这样九节茶多多少少就有了一些神秘的色彩。一说它产自原始森林，常与狗熊、野猪、山鸡为伴，充满野生气息；二说它产量极少，十分金贵，除了采茶人家，能喝上此茶的人非富即贵。这样的传说不知道别人信不信，反正我当时是信的。因为在家乡时，不说喝一口九节茶，我就是看一眼也没有机会。后来我离开家乡出外读书、工作，就更没有机会去探访宝坛、四堡，去喝九节茶了。

世间的事有时就是那么巧。2022 年春，我和朋友要去融水良寨乡的平茶苗寨做客。车行路上临时有事绕道四堡，正逢四堡圩日。街市上几个老妇的摊位上都摆有扎成一把一把连枝带叶、颜色灰白的干树枝，还有一些不知名的草药、干香菇、干鱼放在地上摆卖。量都不多，看得出摆摊的妇人都是来赶集的乡亲，非四堡本地小商小贩。见我拿起一把树枝端详，想分辨到底是啥东西。朋友问道："你晓得这是什么？"我摇摇头。"这是九节茶。"朋友说。九节茶！我心一颤，这就是久负盛名的九节茶？可连枝叶带秆实在没有茶叶样，更像是草药。朋友言之凿凿，摆摊的妇人也说卖的是九节茶。我又想起以前喝过形似枯树叶的大叶茶，也似这般不起眼。也就信了。朋友说，喝九节茶一般都是整把放锅里，待水煮开两三分钟，关掉火再让茶在热水中泡上几分钟就可以开喝，也不挑茶具，碗、口盅、杯等都可以用来装茶水喝。听朋友说完，再看看九节茶，我想这样粗制的茶叶或许只有如此粗糙的方法才能出味。话说两头，茶叶在未被人类识别出前，不也只是一片普通的树叶吗？北宋宰相寇准写有《秋晚闲诗》，其中有句"厌读群书寻野径，闲收落叶煮山茶"，九节茶看来也是这样的山茶。

和九节茶的邂逅也许是一种预示，只是预示什么我还不知道。直到今年四月，鹿寨的朋友邀我去访访鹿寨的草珊瑚茶。在鹿寨我才知道草珊瑚的茎与枝均有膨大的节，和竹类似，故而有很多别名，名称之一就是九节茶，其他还有肿节风、节骨茶、九节风、竹节茶等。原来九节茶就是草珊瑚，我一瞬间就想到这或许就是对四堡乡集上匆匆一瞥的回应。

至于草珊瑚，明代周文华编的《汝南圃史》提到了它。周文华是江苏苏州人，曾任光禄寺吏，是掌管宫门警卫的官员。公务闲暇之余醉心园艺，于是他编了《汝南圃史》。这是一本有关花卉果木蔬菜瓜豆种植的农书。他编此书的目的："其主旨一是怡神养志，以销乌兔；二是借树植之法，微示素储之经济，以收用世辅治之功。"书中介绍了花、果、竹木、蔬菜等共计185种植物的栽培技术，如枇杷、杨梅、葡萄、山茶、紫荆、辛夷、百合、秋海棠等，这些植物在今天仍然种植。此书卷十"草本花部"的"珊瑚"条叙述："珊瑚，叶如山茶而小，夏开白花，秋结红实如珊瑚，累累可爱。宜在二月份栽，三月亦可。然苗长则难茂。宜兴一种叶大茎长，名桃叶珊瑚，疑即此种，久而长大耳。别有一种雪裹珊瑚。〈太仓志〉云：'雪裹珊瑚，蔓生，茎有毛，秋结子，经霜红如珊瑚。'"除介绍珊瑚种植技术外，也以"秋结红实如珊瑚，累累可爱"形象地道出珊瑚名称的由来。文中所述"珊瑚"即今天的"草珊瑚"。珊瑚，是由海中珊瑚虫分泌的石灰质骨骼聚结而成的东西，状如树枝，五彩斑斓，多为红色，鲜艳美观，是深受人们喜爱的饰品。一种山林中的草本植物被人们称为珊瑚，可见时人对它的喜爱。后来改称"草珊瑚"，想来是为与海中的珊瑚区分开来。除作为观赏植物种植外，草珊瑚更多是作为药材出现在古人的生活中。唐朝时草珊瑚就已被用于治疗喉痛、口臭等症状，而李时珍的《本草纲目》也将其列为优良药材之一。今天的医学已经证明草珊瑚具有抗菌消炎、清热解毒、祛风除湿、活血止痛、通经接骨等功效，可用于治疗各种炎症性疾病、风湿关节痛、腰腿痛、疮疡肿毒、肺炎、阑尾炎、急性蜂窝组织炎、肿瘤、跌打损伤、骨折等，是一味重要的中药。

二

罗城、鹿寨两县相邻，民众间素有往来。志书有记，我的同乡前辈何宝鼎先生曾任职中渡县县长一职。彼时的中渡县城正是目下鹿寨县辖的中渡古镇。我也无数次驱车在桂柳高速上往来奔波，偶尔进鹿寨高速服务区小憩，就会猜想鹿寨是一个怎样的所在。"呦呦鹿鸣，寨美一方"的推介词像是一幅有声有色的画，不知吸引了多少人到鹿寨一游。无论是远望，还是身在近旁，我都曾起心动念要去鹿寨走一走、看一看。不过心虽动，身却未行。鹿寨更多时候只在我心中乱撞。幸好，朋友的邀请来了。

我们要访的茶农在鹿寨拉沟乡的大坪屯。查鹿寨县拉沟乡地图，大坪屯是大坪村委所在地，位于拉沟乡东北方向，与桂林市辖下的荔浦市、永福县接壤。

从鹿寨县城乘坐五菱神车跑到拉沟乡的大坪屯，也是一段不算近的路程。其间车子顺道进了拉沟乡政府大院，我们在院子里把午餐要吃的蔬菜和肉类装上了车。中国的乡镇，至少我到过的南方乡镇都大同小异，街道窄小、房子有新有旧高低错落，除了圩日，街上少见穿梭来往的人。乡府大院的环境也相类，一般都是两栋楼：一栋办公楼，一栋宿舍楼。院子大一些的，还有个篮球场（兼停车场）。拉沟乡属于地盘比较小的，连篮球场也没有。普普通通，没有什么特别之处。但麻雀虽小五脏俱全，乡镇一级政府是我们这个庞大国家基层治理最重要的一环，乡镇的工作人员也最为辛苦。这一点，任何人都不会否认。这天是周六，也不是圩日，我们在乡政府大院和拉沟街上都没有见到几个人。值班留守的人说："哪有什么周末，我的几个同事都下村开展工作了。"我曾短暂地在乡镇工作过一段时间，"五加二"的工作方式我是知道的，在乡镇周末加班是经常的事。稍事休整，我们就往大坪屯出发了。

出了拉沟街不久，五菱车就行驶在山道上。驾车的曾茂林副乡长娴熟地操纵着车子在山路上闪转腾挪，何处转弯、何处爬坡、何处沟深路险，他都能轻松处置，显然对路况非常熟悉。一问之下，才知道他已经在拉沟乡工作了七年，算是老乡干了。这么长的时间足以让他的车辙和脚印走遍拉沟乡的村村寨寨。车子随蜿蜒山路前行，时而登上岭巅坡顶，俯视可见幽深的山谷、茂密的丛林；时而徜徉在谷底，溪流映入眼帘、风中草木葳蕤。车窗外南方山林的风景让近一小时的车程没有虚度。等车子停稳在大坪屯村委办公楼后的空地时，我竟然还有意犹未尽的感觉。下车后其他人都往村委办公室走，我径自沿着车子来路走向村口。

村口引人注目的是一棵高大的松树，它略微朝着西南方向倾斜的树干，大致告诉了我山风往何处吹。树身高十数米，应该在远处就能望见，或许很久以前它就是大坪屯的地标。

站在村口，才发现大坪屯是在山岭缓坡上。环顾四周，目力所及是高低连绵的山和岭，郁郁苍苍的树。一时间颇有置身群峰之上、一览众山小的感觉。转身看村民的房子皆是依山势而建，次第层叠上去。村后即是莽莽苍苍的山，密密匝匝的树林。这是一个高山上的村庄。后来翻看地图，与大坪屯处同一山地的燕子岭海拔937米，古报尾山脉的主峰海拔1241米，大坪屯所处海拔想来也不低，难怪我们的车子一路驶来总是在爬山越岭。

在村委会的公示栏上，我看到了大坪屯的介绍："大坪屯距离拉沟乡政府22公里，地处拉沟自然林保护区腹地。屯内有57户人家222人，全部为瑶族，属瑶族五大支系中的盘瑶。是柳州市卫生村屯，全国少数民族特色村寨。"原来这是一个瑶族村庄。我想起在融水大苗山做调查时听到的一句话，"苗人住山脚，侗人住山腰，瑶人住山顶"。看来这是一句有一定科学性的总结。我们要访的会不会是一个瑶族茶农？

果然，在村委会办公室我们见到了大坪村原村主任冯金慧，正是一个地道的瑶族茶农。

冯主任个子不高，人瘦而结实，显得精明干练。知道我们来访，冯主任早早就给准备了茶叶，装在两个塑料袋里。他说："一种是公敢山上的野茶，另一种是野生草珊瑚茶，你们喝哪一种？"在鹿寨的两天里，我们听到最多的是公敢山和公敢茶。知道公敢山是古报尾山脉的一段，地处偏远、海拔近千米，山高林密，常年云雾缭绕，适合茶树生长。那里出产的茶叶吸收阳光雨露，天地灵气，茶味绵长，是难得的云雾茶。这次鹿寨之行我们几人没有能上公敢山，能喝上公敢山茶也算是了了一个心愿。大家一致要求先泡公敢茶喝。茶一入口，即感觉到一种极淡极淡的烟火味，那是一种用柴火经手工炒制的茶独有的味道。正是冯主任说的野茶味道。喝了几口后，就品到了茶的醇厚和甘美。江湖传言果真不虚，公敢茶是真的好喝。

品过公敢茶，冯主任又给我们冲泡草珊瑚茶。我拿起一小撮草珊瑚茶，置于掌心仔细端详，茶叶拳曲、细长如干草，呈黄褐交杂的颜色，闻之有一股沁人心脾的甜香。再看冲泡出的茶汤，橙黄明亮，闻一闻清香入鼻，却又迅疾消散。我不是一个懂茶的人，但在喝下第一口草珊瑚茶时，不禁惊呼"真是好茶"。浅浅的一口茶水入喉，瞬间感受到清新沁凉的香气。茶味醇和甘甜，既有茶之甘美滋养，又兼有花的芳香辛散，只一杯茶就让人感到神清气爽。难怪有人说,草珊瑚是"草中仙子"。

为什么会想到用草珊瑚制茶?冯主任是瑶族,有着这个民族优良的品性和智慧,他的妻子是公敢山上瑶民的后裔,算是世代种茶。他有自己的茶场,又经营着茶叶生意。那年的采茶季,看着新购的炒茶机,他想着草珊瑚的嫩芽形似茶叶,不知道做成茶味道如何。抱着试一试的态度,他和当时大坪村的支书张进保像采茶一样采来草珊瑚(只采草珊瑚顶尖的三四片嫩叶)。按照制作茶叶的工序,杀青、摊晾、发酵、揉捻成型、烘干。一顿操作下来,再看制成的草珊瑚茶,冯主任一眼就爱上了,推上市场也深得茶友喜爱。从那以后冯主任就开始专心做起草珊瑚茶。先是采摘野生的草珊瑚,制作出的草珊瑚茶即便只在茶友中交易也供不应求。后来开始利用原始山林尝试人工种植草珊瑚,在清明、白露两个节气雇人采摘,自己制茶,一斤售价可到360元以上。成本所费不多,收获却不少。拉沟乡政府从中看到了商机,为乡村振兴计,近两三年政府开始鼓励引导村民种植草珊瑚,发展林下经济。曾茂林副乡长告诉我,全乡2022年新种草珊瑚1000亩,2023年新种6000多亩。谈到未来计划,曾副乡长说:"如果按照每亩生产5斤干茶叶计算,过两年我们全乡种植面积超过1万亩,大概产值1700万元。3年砍伐一次草珊瑚(晒干)亩产1000斤左右,按一斤2.5元计算,大概产值2500万元。"看来草珊瑚能治愈很多人,也能养活很多人。

如此神奇的草珊瑚,让我们所有人都想去山里一睹它的真容。

三

大坪屯所在的山岭叫麻枫槽。在我的见识里,称为"槽、冲"的地方,如同山的褶皱,一般都是山中道路或是山里人住家所在。听拉沟乡小学退休教师盘志贵说,旧时大坪屯去往公敢山的其中一条古道就经过麻枫槽,然后往羊岩冲、小坳、大坳、一字岭、十字坡等地。那时公敢山上还住着十多户瑶民,他们挑着稻谷、盐巴等生活用品上山,挑着茶叶、香菇、灵芝等山货下山到墟市出售。野生草珊瑚就生长在山林里。我们决定去走一走古道，看一看草珊瑚生长的原始山林。

进山的路就在村背后，出了大坪屯就是林子，山路狭小。说是路，其实是进山的人踏出的便道，仅容一人行走。刚进山时还能看到一些杉树，知是人工种植的树木，再往里走，看到的树就叫不出名字了。"人间四月芳菲尽，山寺桃花始盛开"。好在是四月，不时可见零星的野花寂寞而热烈地开着，只是除了韩信草，其他的我多不认识。继续前进，忽而走在前头的冯主任停住了，说："你们看，这几蔸就是草珊瑚。"一时间大伙儿都围上去看，路边灌木丛中几片叶子油亮碧绿的植物生机勃勃地长着，顶尖的嫩叶泛着黄亮的光泽。俯下身细看，见其茎有节，节处膨大。草珊瑚又名肿节风、九节茶即缘于此。我摘了几片嫩芽凑近鼻子闻，却闻不到任何气味。放口中咀嚼，想体味一下是甜是苦，可口腔内只有植物的清新气味，竟然没有别样感觉。和它制成茶之后的味道差异甚大。我试着连接起草珊瑚和草珊瑚茶之间的味道，想来其中的转化应该是火的参与，是加热炒制、时间的发酵激出了草珊瑚潜藏的香气和甘美。

认识了草珊瑚，才发现山道两旁随处可见它的身影，这里几蔸，那里一丛。难怪冯主任说在山里草珊瑚随处可见。绕过几个弯，跨过几道坎，我们沿着一条溪流往山上走。在一处稍微平整的地方，见到了一大片的草珊瑚。正是冯主任种植的草珊瑚。林荫之下，一丛丛、一簇簇的草珊瑚生长在山石和灌木间，与杂草、竹子、野芭蕉相伴。我不由得想到《珊瑚颂》里的两句歌词"云来遮，雾来盖，云里雾里放光彩"。这是歌唱海中的珊瑚树，却也似草珊瑚在山林中的原生状态。这些草珊瑚山风拂过，萤火照过，云雾滋养，与野生无异。唐代诗人元稹有诗句"桂树月中出，珊瑚石上生"，似乎也可作为对草珊瑚此际形象的描绘。

草珊瑚夏季开花、秋季结实、冬天果实成熟，圆似珍珠的小红果顶在枝头，如艳丽的红珊瑚。你可以想象，寂寥的冬日里，一个猎户或是樵夫，抑或采药人，也可以是行脚的旅人，他在山林中走了漫长的路，四下里阴暗幽闭，忽然几簇明艳从浓荫中跳脱出来，正是草珊瑚那顶生的果实，那自带光亮的珠串被对生的叶片托举着，如同珍宝被人端端地捧过头顶，那份跳脱，那份郑重，让人刹那间受到鼓舞，充满向它奔赴的力量。这时，你一定会觉得，草珊瑚是温暖的火焰，是欢迎时舞动的双手。

离开大坪屯时，我拿了一撮草珊瑚茶放在背包里，当然不是为了喝它，而是为了想念。

从鹿寨回来后，我回了一趟罗城。在与宝坛相邻的乔善乡，我在一户人家里喝到了九节茶。枝枝叶叶的一把煮在电热铝壶里，我瞬间想到了鹿寨只取三四叶芽制成的草珊瑚茶。本是同一事物，制成茶后两者汤色与味道相同，但一个在地摊卖，价格低廉；另一个在茶庄专售，一货难求。我不禁在心里为鹿寨人的聪明巧思竖了个大拇指。

我开始想念鹿寨了。再次到鹿寨的时候一定要在冬天，那时大坪屯后山中生长的草珊瑚应该结满了红红的果子。它们在寒冷的风中，似瑶家火塘中红红的炭火。

作者简介　　**阳崇波**，广西罗城人，仫佬族，广西作协会员，供职于广西文联。

鹰山脚下的九品香莲

陈　粤

一

这次是为莲而来，而且还是九品香的。

莲，长在鹿寨县中渡镇鹰山脚下的大兆村。这个相对于偏远的小山村，近年来比赛似的繁华起来。水泥路将相邻的几个村子连接起来，像一副鱼骨架，又像灰色绸带，向四面的村庄延展。小轿车、快递车、摩托车响着喇叭，在"鱼骨刺"上交错会合，让灰色绸带一闪一闪。路的一头，是一个大晒场，或两层，或三层的楼房，外立面上刷着各式各样的荷花图案，生动了村庄的气息。

在村庄的内部以及四周，一块块、一弯弯、一层层、一片片的太空莲、九品香莲，五颜六色的花儿在微风中摇曳生姿，蕴含着、镶嵌着、环抱着、丰富着村庄的色泽。村庄的色彩飘逸起来。打开车窗，暖暖的荷香带着夏日的阳光窜进车内，迅速弥漫开来。它淡淡的、悠悠的，似花香，又不是花香，似果香，又不是果香。这香包裹着空气、溪流的气息，就此多了几分乡村的韵味。原本普普通通的楼房，在这些墙绘的衬托下，也多了几分亲切和袭人的优雅。

香莲碧水动，风凉夏日长。在我看来，这不仅是诗里的美景，也是大兆村的"美丽经济"。这一片荷花，由一家名为"祥荷太空莲专业合作社"

九品香莲（廖献红　摄）

种植和经营管理。在镇干部的引荐下，我见到了合作社理事长罗昌日。

握手，寒暄。坐下来，罗昌日立即拿出一小盒金黄色的九品香莲，取出一朵，花是干的，花瓣束起，像一根干柴棒。放入玻璃壶中，淋上滚烫的开水，随着一缕茶香，一朵淡雅的莲花在钢化玻璃壶里绽放开来。慢慢地，开满整个玻璃壶。少顷，壶中的水变成浅黄色。花和水的相遇，仿佛一场千年的邀约，温暖又奇妙。

一会儿，一杯飘着莲花特殊清香的茶就端到面前。茶汤金黄，刚入口是一个味，咽下去又是一个味，咽完了留在舌面上还有一个味，张开嘴凉空气进来，出现第四个味。分层次，立体感很强。在我这个20多岁的年龄，对茶没有多少感觉，但对这杯九品香莲，却喝出莲花香的感觉。

喝光了再续水，接着喝。这一朵莲花，一续一上午。这时，我才知道，九品香莲茶重在观赏和品，不重在喝。当然，冲泡的茶具也得有讲究，一定是透明的钢化玻璃。

九品香莲虽是代用茶，但这样讲究的冲泡方式，我觉得也可称作"工夫茶"了。品着茶水，赏着壶中的莲花，看着它慢慢"起死回生"，突然有一种地老天荒的感觉。

边喝边聊。罗昌日是一位典型的精干农民，跟我讲起了他的创业故事。

二

回乡创业之前，罗昌日穿梭在全国各地干着开大车拉大货的活路，一跑就是 19 年。走南闯北的日子让罗昌日成了半个商旅人。

2008 年的某一天，罗昌日在品味了九品香莲之后，认识了它的魅力。于是，决定将这种独特的莲花茶带回家乡中渡大兆试种，再通过在外打拼的这些年积累下的资源，看能不能走向更广阔的市场。毕竟年纪一天天长，在外开大货车终究不能安顿自己的晚年。

每个人都苦口婆心地劝阻，大道理加起来可以编多卷本的"劝慰宝典"，但是都没用，他铁了心要种九品香莲。

恰巧这个时候，县里正大力发展农业观光旅游。农业部门及时组织技术员对荷产业做调查，这与罗昌日的想法刚好契合。政府又在这时免费提供荷种和化肥，还请人为村民耕田，同时还有补贴。政策扶持力度很大，说明县里已对荷产业市场做了充分的研究和论证。村民纷纷以水田入股的方式加入合作社。

在县里的支持和鼓励下，大兆村很快成立了太空莲专业合作社。按照合作社章程，形成了"合作社＋基地＋农户"的新型农业发展模式。罗昌日很乐意挑起这个头。开始时不懂种植技术，他四处奔走求教，在网上，在农家书屋查阅了大量的九品香莲种植技术，不失时机向前来调研的区市农业专家请教。正中了那句格言"有志者事竟成"。他用一年多的时间，将九品香莲的种植特点，最佳采摘时间，晾晒、烘烤方法都摸得一清二楚了。他组织了合作社的村民们参加专业培训班，教授有关九品香莲的制作工艺和营销知识，九品香莲逐渐在市场上建立了良好的声誉。

中渡镇"祥荷乡韵"农业示范区就这样顺利地成立起来了。面积覆盖了大兆村的石祥屯和塘藕屯1000多亩，种植以"一花一叶"集观赏与采莲为一体的太空莲。2015年以来，他又结合中渡丰富的旅游资源，以荷叶、荷花、莲藕、莲子为食材，开发了充满荷元素的"荷花宴"，每年的6~9月份，太空莲盛开期间，游客慕名来到石祥屯和塘藕屯，由此带动乡村旅游收入达120万元以上。

采摘九品香莲（韦靖 摄）

在罗昌日的呼吁和奔走下，2017年12月获评四星级"广西现代特色农业（核心）示范区"。这一年，全国农机合作示范社——中明农机合作社入驻示范区，流转了近200亩土地种植可食用菊花、可食用玫瑰花、"九品香莲"等新产业品种，形成了生产、加工、包装、销售为一体的产业模式，同时带动群众在荷田套养荷花鱼、小龙虾、田螺等，多渠道促进农民增收。

渐渐地，中渡的九品香莲产业越来越有声有色。我来采访时，正逢第一批播种的九品香莲陆续开花，进入第一次成熟期。顺着罗昌日手指向的地方看过去，好几个妇女在修剪刚采回来的花。采花期一到，她们每天就沉浸在"花花世界"里。采摘一定要在上午 11 点前，而且必须是当天开的花，这时的九品香莲品质最好。于闲庭信步的人而言，在"鱼骨架"上赏荷，阳光和微风是享受，而对于弯腰在田里采荷的劳人来说却是煎熬。

罗昌日告诉我，整个花期长达 8 个月左右，亩产花量约 7000 朵，做成花茶产值达到 2 万元，效益非常好。

虽然种植九品香莲效益可观，但前期投入成本较大，一亩地要投入 3 万至 4 万元，让不少村民不敢轻易种植。罗昌日决定租下当地村民的田地，给村民支付租金，再聘请村民到合作社上班，让村民获得双重报酬。

"目前我们合作社已经注册了九品香莲商标。"罗昌日说，"下一步打算扩大九品香莲的生产规模，让当地更多群众享受到九品香莲的'致富芳香'。"这时，一群身着旗袍的游客在荷花池前撑着油纸伞拍照留念。

大兆村除了以"荷"为媒，打造千亩荷花，还用荷的花、茎、叶、种、根作为食材，经过厨师的精心烹饪，制成莲香鸡、荷叶煎蛋和糯香莲米饭等独具特色的美食，让游客尽享"荷花宴"的美味。如今，在中渡镇大兆村，旅游业助推村民增收致富已成现实。村民们通过流转土地、办农家乐、到景区打工等，平均每户每年可实现增收约 5 万元，大兆村还获评"中国美丽休闲乡村"。

万万没想到，小小一朵九品香莲，竟然有如此大的能量。记忆中，我对九品香莲的认识应该更早一些。幼年时，母亲的一位远嫁到台湾的伙伴——我的明阿姨回乡来访，就带来了一盒九品香莲茶。拈上一朵，放入透明的玻璃杯中，沸水冲泡，渐渐地，看似柔弱的无骨莲花，缓缓地在茶浪里袅袅婷婷，露出清逸优美的姿态。

"泡一壶茶只需要一朵花！"我内心暗暗赞叹。那是我初见九品香莲，在一个还不懂品茶的年纪。

端杯细观茶水的颜色，那茶汁澄明透亮，缕缕莲香从鼻腔缓缓沁入肺腑，顿时神清意明。我急不可耐地啜饮一口，任浓郁的香气伴着淡淡的一丝甜润在口中慢慢溢开，那种高洁娴雅的感觉，醇厚而甜润，染得芳心无限，倍感安详清凉。

听明阿姨说，九品香莲是她丈夫家乡的迎客茶，是以莲花为原料，采用独特的工艺，将含苞欲放的莲花烘焙而成的天然饮品，具有清热解毒、养颜美容、益肝健脾的功效。每次 3 朵至 5 朵，有时候还可以配上嫩尖绿茶一小撮，袅袅茶香中，整个身心都被一股无边的凉意弥漫，暑意全消……

明阿姨是个"小资"的女人，她不仅带来了茶叶，连茶具也一并带来了。"喝九品香莲茶，一定要用水晶玻璃壶或者杯子。"只见她将莲花放进茶杯里，把刚烧好的白开水冲入，只见那娇艳的莲花在缓缓的水流中浮动着，沁人心脾的清香味溢满了整间小屋。从此，我也爱上了九品香莲，也明白了饮茶有十德：以茶散闷气，以茶驱睡意，以茶养生气，以茶除污气，以茶利礼仁，以茶表敬意，以茶尝滋味，以茶养身体，以茶可行德，以茶可雅心。

参加工作后，读《浮生六记》，除了羡慕沈复与芸娘的伉俪情深，还对芸娘制莲花香茶的情景记忆颇深："夏月荷花初开时，晚含而晓放。芸用小纱囊撮茶叶少许，置花心。明早取出，烹天泉水泡之，香韵尤绝。"

沈复笔下的芸娘是位心灵手巧的女子，她热爱自然，对待日常琐事总能想到一些妙方。夏日的晚上，她用一个小纱袋盛些茶叶，轻轻将莲苞的花瓣拨开，把茶叶袋放到花心上，然后让花苞自动闭合。到了第二天早晨，莲花开始绽放，而在花胎里熏了一夜的茶叶袋也饱沁莲芬，用袋中的茶叶泡茶，具有独特的香韵。芸娘被林语堂誉为"中国文学史上一个最可爱的女人"，当然经她之手秘制的九品香莲更是温情香韵，清淡高远，让人眷恋喜欢。读着书中的这些情节，仿佛就嗅到了芸娘纤纤玉手中那盏青花瓷里袅袅飘来的清香。

三

"为何称作'九品'？"

"莲花中的上品非九品香莲花莫属，入水冲泡，香气清冷，入口不苦不涩不酸，芳香甘醇。"品到这里，面对众多来访者的询问，罗昌日再次斟满一杯九品香莲，慢慢解释。

古人就有"上品饮茶，极品饮花"之说。之所以叫九品香莲，是因为有金、黄、紫、蓝、赤、茶、绿、红、白九个色系，其中，黄色香莲以其美观怡情的外形，清香宁静的味道，尤其适合冲茶饮用，兼具观赏价值和食

九品香莲（韦靖 摄）

用价值，含有丰富的花青素和植物性胎盘素，性温，无刺激性，无任何添加，为自然天成之物，是难寻的朴实本味食材。

莲花吸收自然之灵气，大地之精华。《本草纲目》记载："莲花，苦、甘、温、无毒，镇心益色，驻颜轻身。"具有比较高的观赏价值和药用、食用价值。

九品香莲茶泡 3 ~ 5 分钟后，在氤氲的茶雾中，轻轻晃动手中的茶杯，便可见莲花绽放如生，沁人心脾。茶汤金黄透亮，犹如佛光，微风轻轻拂过，缕缕清香扑鼻而来，令人沉醉。

合作社的成立标志着中渡的九品香莲产业正式步入集体化、规模化的时代。合作社在池塘建设、品种改良、科技创新以及品牌建设等方面创造了很多先例。同时，合作社的成立激发了农民的积极性，提高了他们的生产技能，使得九品香莲的品种、品质和市场竞争力得到了更加稳定和高效的保障。

如今，荷叶覆盖的池塘连成一片，叶子向阳，荷花盛开。池边水田鸳鸯戏水，小舟荡漾，时不时地飞过几只野鸭。

荷塘逐渐扩大，九品香莲的知名度也越来越高，越来越多的人开始品味其独特之处，他们纷纷来到莲花湖畔，亲自体验采摘莲花、制作九品香莲的乐趣。除了游客，还有投资者和企业家前来探寻商机。乡村旅游逐渐兴起，各类茶楼、民宿、手工艺品店相继开业。当地的特色小吃和传统文化也逐渐受到关注，进一步丰富了乡村的旅游资源。

如今，合作社的村民们，都与沈复、芸娘无异，成了"知莲花者"，知道莲花在初次开放时，于清晨展开，至午时自动合起，直至次日清晨又再次展开的生长习惯，所以大可不必采用又是拨开又是麻丝扎的粗暴举动。如此一来，倒让九品香莲平添了一番优雅与浪漫。

氤氲的茶雾中，轻轻晃动手中的茶杯，起伏旋转的莲花，十足地像是一位粉衣素裙的凌波仙子在舞蹈。此时，我的脑海里又浮现着明阿姨泡莲花茶的情景，从那初蕾绽放、清新醉卧的莲花里，我仿佛看到了荷塘里的朵朵清荷。每逢炎炎夏日，莲花盛开，亭亭玉立，竞相绽放，微风轻轻拂过，缕缕清香扑鼻而来，把内心的浮躁洗涤得风清月明般澄澈。

作者简介 **陈粤**，壮族，95后，广东高州人，2018年毕业于西北民族大学新闻传播学院。有作品刊发在《英大金融》《中国工商》杂志，现任柳州日报社记者。作品曾获中国地市报新闻奖三等奖、广西新闻奖二等奖等奖项。

写于鹿寨茶山的诗词

吴有根

唐多令·春种

青草满沙洲，
花繁碧水流。
三月春风绿轻柔，
榕下系牛鸡犬走。
燕呢喃，
戏南楼。

农事总不休，
扶犁起垄沟。
点籽撒肥汗滴流，
都道早春天气好。
勤耕作，
定丰收！

（2013 年 2 月 14 日）

桂枝香·徒步和尚岗

仲秋徒步，

古报景色奇。

黛浓如暮，

古赏蜿蜒百里。

翠峰高树，

红枫黄叶残阳里。

向南坡，

翠竹斜矗。

晚霞云散，

星河渐现，

仰观天户。

看世间，

浮华满目，

竞逐欲难休，

得失相补。

史记千年书墨，

尽存荣辱。

朝朝往事如流水，

岁观衰草木常绿。

此时侯相，

百十年后，

刻石何处？

（2013 年 10 月 4 日）

洞仙歌·烟霞消散

烟霞消散，

暮沉山林暗，

游客芸芸帐篷满。

幕屏开，

一束光影无声。

千目聚，

子夜不眠盯看。

望疏星素月，

寂静无言，

时见萤虫绕环转。

欲问夜如何？

已至三更，

蝉鸣淡，

息沉鼾慢。

梦佳境，

东风几时来？

露凉禁寒蛰，

醒时忽叹。

（2014 年 10 月 12 日）

一丛花令·登岗望远目不穷

登岗望远目不穷，

秋树更葱茏。

斜阳日暮云霞起，

鸟归林，

唱和鸣虫。

犬吠人语，

炊烟袅袅，

斟酒见情浓。

风光再忆语雷同，

衣上酒痕浓。

三更剩把圆盘照，

见疏星，

灶火还红。

寒意渐飘，

风息露重，

才梦水流东。

（2016 年 10 月 29 日）

鹧鸪天·和尚江流无尽期

和尚江流无尽期，

那年初识便思伊。

醒时满目青山翠，

梦里惊呼归鸟啼。

秋已至、绽黄菊，

年年惦记夜听溪。

浮生如戏悲欢演，

踏入凡尘入梦局。

（2016 年 11 月 2 日）

沁园春·公敢瑶茶

古报山奇，极目离离，莽莽苍苍。远眺和尚岗，十八弯转，泉甘石浅，碧涧松篁。秋叹枫红，春惊新绿，烟霭云岚与雪霜。山深处，见炊烟袅袅，知有村庄。

三家瑶客开荒，落公敢，栖居竹木房。此山崖水畔，栽生茶树，原生稀境，百岁茗香。每到时节，摘青炭焙，古法瑶方日夜忙。尘世里，任瑶茶名傲，禅味绵长。

（2023 年 2 月 5 日）

满庭芳·乐分享

中渡风流，香桥翠绿，有佳人醉春光。桂妃红袖，笑赏满庭芳。喜见茶芽壮硕，大乐岭，长盛村旁。行沟里，有鸡除草，蛙雀闹莲塘。

天然，香韵久，浓醇细润，滋味绵长。问如此茗珍，可是仙方。工匠先生意气，乐分享、禅语文章。呼朋去，鸡鸭老酒，相劝又空缸。

（2023 年 2 月 6 日）

作者简介

吴有根，1963 年 8 月生。籍贯广东湛江。高级农艺师、高级政工师，一级调研员。广西壮族自治区干部教育第一批师资库特聘教授。曾担任柳州电视台《风展红旗》专栏制片人，《农家科技致富》科技教材制片人，拍摄的电视专题片曾荣获中国广播电视学会党建类银奖、铜奖，自治区级二、三等奖。

飞出大山

走向外界的鹿寨茶——桂妃红

桂妃红

桂妃红茶产于广西壮族自治区柳州市鹿寨县中渡镇长盛村，距桂林西南68公里的大乐岭有机生态茶园。每年清明时节待气温升至24摄氏度，芽头变紫时，精采的一芽一叶茶青，经传统工艺精制而成。桂妃红茶汤色醉人，红艳明亮，口感滋润，甘甜醇厚，回味悠长。出口欧美，广获赞誉。获得荣誉：

2011年第九届"中茶杯"特等奖

2013年第十届"中茶杯"特等奖

2015年第十一届"中茶杯"特等奖，并获授金奖

2011年至2014年连续四届上海"中国名茶"评比金奖

2012年广西春茶节名茶评比金奖

2012年香港国际茶展名茶评比红茶组季军

2013年香港国际茶展名茶评比红茶组亚军

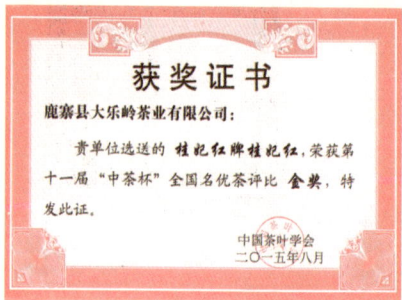

Hong Kong International Tea Fair
香港國際茶展
16-18/8/2012

香港貿發局香港國際茶展名茶比賽2012
HKTDC Hong Kong Int'l Tea Fair Tea Competition 2012

優秀茶葉大獎
(中國內地及香港)
Outstanding Tea Award
(The Chinese Mainland & HK)

紅茶組 季軍
2nd Runner-up
Black Tea Catagory

大樂嶺(集團)茶葉有限公司
Da Le Ling Cha Ye

得獎名茶 Winning Tea:
桂妃紅

www.hktdc.com

Hong Kong International Tea Fair
香港國際茶展
15-17/8/2013

香港國際茶展名茶比賽2013
HKTDC Hong Kong Int'l Tea Fair Tea Competition 2013

優秀茶葉大獎
Outstanding Tea Award

大樂嶺(集團)茶葉
有限公司
Da Le Ling Cha Ye

得獎名茶 Winning Tea：
桂妃紅

www.hktdc.com

走向外界的鹿寨茶——麓岭茶

麓岭茶园基地成立于 1983 年 8 月，地址位于柳州市鹿寨县和桂林市永福县交界的丘陵山地。海拔 400 多米，气候温和，阳光充足，雨水充沛，土壤肥沃，土质富含磷、硒，极有利于茶树生长和营养成分的形成。茶叶基地处于生态林区，四周有自然森林屏障，种植施农家有机肥，采用人工和生物天敌除虫害，全程质量安全监控，是无污染、无添加、无农残的生态品质茶。

一　茶树品种及茶叶种类

产地种植有"福云六号""福鼎大毫""云南大叶种""桂香 18 号"等优良品种。生产有六大茶类中的四大茗茶：绿茶、红茶、白茶、黑茶。绿茶系列：特级碧螺春、精品碧螺春、毛尖茶、毫峰茶、清明茶、谷雨茶；红茶系列：特级红茶、一级红茶、二级红茶；白茶系列：一级白茶；黑茶系列：六堡茶。

二　各类茶特点

特级碧螺春

于每年早春三月，精选老茶树头采新芽，沿用传统工艺精制而成，独具特色，芽头肥壮、卷曲成螺，身披白毫，清香飘扬如沐春风，茶汤清澈透亮，香味浓郁，独特栗香味、鲜甜清爽，叶底嫩绿光泽。

精品碧螺春

选料于种植在高山密林间的老树茶园，近四十年树龄的老茶树产出的鲜叶经传统工艺处理，造就了麓岭绿茶独特的风味。茶叶外形肥壮、叶嫩多毫、条索紧结，汤色清绿，入口甘润香醇。

毛尖茶

产于每年早春三月，全部精选一芽一叶以上等级原料。芽头饱满，茸毫显露，条索挺拔紧细，色泽翠绿极具灵秀之感，茶汤清澈鲜活、明亮透彻，清香馥郁，沁人心脾，滋味鲜爽香醇，满口春意。

毫峰茶

产于每年早春时节，全部精选上等原料，精工细作，品质上佳。麓岭毫峰芽头饱满，细嫩高香，峰苗挺拔，色泽苍绿大气天成，茶汤鲜活明亮透彻，香气怡人，滋味饱满浓郁，入口回甘。

清明茶

产于每年清明前后，全部精选云雾缭绕的山地茶园原料，精工细作，品质上佳。茶叶条索紧结，苍劲挺拔，大气朴实，浓香沁人，茶汤鲜活明亮，滋味饱满浓郁，生津回甘。

谷雨茶

产于每年清明谷雨间，精选一芽两或三叶以上等级原料。谷雨茶叶嫩多毫，厚实坚挺，汤色清绿，香气浓郁，滋味鲜醇。

麓岭红茶（特级、一级）

精选近四十年树龄的老茶树产出的鲜叶，经传统工夫红茶工艺处理，造就了麓岭红茶独特的风味。麓岭特级、一级红茶外形肥壮，条索紧结，色泽乌润，显金毫，汤色红艳透亮，茶汤中带有浓郁的熟果甜香，入口甘润香醇，回味无穷。

麓岭红茶（精选）

麓岭精选红茶条索紧结，峰毫显露，色泽乌润，汤色红亮，茶汤中带有浓郁的熟果甜香，入口甘润香醇，回味无穷。

白茶

采用自然萎凋、轻度发酵、不揉不炒、自然干燥等传统白茶工艺细制而成，其身披白毫，芽叶完整，色泽隐绿，汤色清浅有光泽，滋味甘醇且耐泡，叶底柔软藏余香，是一款老少皆宜、四季皆可品饮的佳茗。

三　制作工艺及营销方式

秉承匠心，采用传统工艺制茶，从茶青采摘到做茶全程保持传统工艺，不添加糖和色素，绿色环保，保证茶叶自然原香。厂家自产自销、品质保证、性价比高。

附录1　公敢红茶冲泡流程图示

1.鉴赏茶叶：请客人观赏茶叶的外形，向客人介绍茶叶的产地、特点等。

2.投茶：用茶匙将赏茶盒中的茶叶投入盖碗中。茶水比例为 1:80—1:60。

3.润茶：右手提起水壶以逆时针内旋的手法向盖碗中注入少量的开水，随即盖上杯盖，以防香气散发。然后双手持杯，轻轻摇动杯身，使杯中的茶叶吸水舒展，便于茶叶的内含物质浸出。

4.冲水：左手掀开杯盖，右手提茶壶，以高定点将开水冲入茶杯至七分满。冲水后即可盖上杯盖。

5.出汤：将泡好的茶汤沥入匀杯。

6.分茶：将匀杯中浓淡一致的茶汤斟入品茗杯，每杯七分满即可，避免太满客人端杯时茶汤溢出烫手。

附录2　公敢绿茶冲泡流程图示

1. 观赏茶叶：请客人观赏茶叶的外形，向客人介绍所冲泡茶叶的产地、特点等。

2. 温洗杯具：将开水沿杯壁注入玻璃杯中，至四分之一处，双手将杯子轻轻旋转两三圈后，在水盂上方倾斜杯身，缓缓转动杯子，将开水沥入水盂中，这一步可使玻璃杯更晶莹剔透。

3. 投茶：为了不损伤细嫩的茶芽，用茶匙将茶叶按茶水比1:50的比例投入玻璃杯中。

4.润茶:右手提起提梁壶,以逆时针内旋的手法,向每个杯中注入少量开水,然后轻轻晃动杯身,使杯中茶叶吸水舒展,便于茶叶内含物质浸出。

5.冲水:用三起三落的手法将温度适宜的开水注入杯中至七分满。通过高低起伏且不中断的水流激荡,使茶叶上下翻滚,杯中茶汤浓度均匀。此手法寓意凤凰三点头,向来宾示敬意。

6.敬茶:双手端杯奉给宾客,并行伸张礼,请宾客品茶。

附录3　瑶族打油茶流程图示

第一步：炸"阴米"（阴米是将糯米蒸熟晾干而成）。将茶油（其他植物油不能用）倒入铁锅之中，将油烧至沸后，把阴米一把把地放入油锅。当阴米被炸成白白的米花，浮在油面上，可捞起放在竹制的小盘内。

第二步：炒花生仁、黄豆、玉米或其他副食品。

第三步：煮油茶。茶叶一般用当地出产的大叶茶，也有的是用从茶树上刚采下的新鲜叶子，讲究的必须选用"谷雨茶"，一定要在清明至谷雨期间采摘，要求芽叶肥壮。凡芽长于叶、叶柄稍长的茶叶，或雨水叶、紫色叶、虫伤叶、瘦弱叶一概不取。

煮油茶前，先把茶叶放在碗内，用温水浸泡片刻，准备好切成片状的生姜和葱花。等锅热了，放入茶叶和生姜，并用木槌将其捣烂，然后加进水、油、葱、盐等熬煮十分钟左右，香气四溢的油茶就做成了。